U0480559

教育的本质是生命教育

丙申初冬　顾明远书

国家社科基金（教育学）一般项目
"生命教育学学科建构研究"（BAA140017）

生命教育释语

山居

王定功 著

科学出版社

北京

图书在版编目（CIP）数据

生命教育释语. 山居 / 王定功著. —北京：科学出版社，2021.3
ISBN 978-7-03-063788-8

Ⅰ.①生…　Ⅱ.①王…　Ⅲ.①诗集-中国-当代　Ⅳ.①I227

中国版本图书馆CIP数据核字（2019）第288629号

责任编辑：付　艳 / 责任校对：王晓茜
责任印制：李　彤 / 封面设计：铭轩堂

科学出版社 出版
北京东黄城根北街16号
邮政编码：100717
http://www.sciencep.com

北京虎彩文化传播有限公司 印刷
科学出版社发行　各地新华书店经销

*

2021年3月第　一　版　开本：720×1000　B5
2021年3月第一次印刷　印张：8 1/2
字数：110 000

定价：198.00元（全三册）
（如有印装质量问题，我社负责调换）

序一：人生如诗

我不是诗人，也很少写诗文，但觉得人生如诗，人总是生活在诗境中。诗是人的心声，是时代的心声，更是民族的心声。可以说，一个民族没有自己的诗歌，这个民族就不复存在。我们每一个人都离不开民族的情怀、时代的气氛，都会有个人的悲欢离合。一般人只能用表情、语言、行为来表达。诗人能够把这些情怀、气氛、悲欢离合用诗歌的形式表达出来。

教育其实也是一首诗。教育的本质就是提高人的生命质量和生命价值。提高生命质量是使人的生命更精彩；提高生命价值是使人能为所有生命做贡献。"为天地立心，为生民立命，为往圣继绝学，为万世开太平"，就是生命的价值。教育就是生命发展成长的诗。

王定功提倡生命教育，不仅著有理论著作、实验教材，还用诗语来抒发他对生命教育的情怀。实在难能可贵。我不懂诗，应他要求，我为这三册书写几句话，是为序。

北京师范大学英东楼

（顾明远，中国教育学会名誉会长、国家教育咨询委员会委员、北京师范大学资深教授）

序二：生命教育的诗意言说

广义的生命教育的源头，可以追溯到孔子和苏格拉底的时代，千载绵延，代代损益，薪尽火传，生生不息。孔门弦歌施教，"浴于沂，风乎舞雩，咏而归"描绘的不正是生命教育的唯美情景吗？苏格拉底一袭敝袍赤脚站在雅典街头用"助产术"指导雅典青年，柏拉图降尊纡贵追随寒门老师，亚里士多德与逍遥学派师生漫步苹果园纵论天下大事，不也正是生命在场的教育故事吗？一定意义上说，一部中西方教育史不过是生命教育与非生命教育在不同时空的对垒、演变与抗衡。在我们看来，不断健全完善的生命教育才是真正的教育。

现代意义上的生命教育大致始于20世纪初，美国哲学家、教育家杜威教授提出了系统的实用主义理论，其中"从做中学"的系列观点就包含着杜威的"生命整体存在论"、"经验方法"及"探求逻辑"等诸多关乎教育当事人生命发展的观点。陶行知先生是中国现代意义上的生命教育研究和实践的首倡者。20世纪初，陶先生师从杜威教授，1917年学成归国，在国内首倡"life education"，直到1946年辞世，他将全部精力投入其中。但出于种种考虑，先生当时并未将其翻译成"生命教育"，而是翻译成"生活教育"，他的思想也被后来的研究者们概括为"生活教育理论"。其实，无论"生命"还是"生活"，在英文语境里大致都表述为"life"，在汉语中"生活"也无异于"生命"的展开过程，从来也没有外在于"生活"的"生命"。深味陶先生生活教育理论，其间所包含的生存教育、健康教育、养生教

育、社会责任教育、完满人格教育、终生教育等思想，无不折射着生命教育的理论光辉。杜威教授提出"学校即社会"，试图吸收社会的所有方面并将其融入一所小小的学校；陶先生提出"社会即学校"，寻求的是将学校的所有方面延伸到大千世界。杜威教授提出"教育即生活"，主张"做中学"；陶先生提出"生活即教育"，主张"教学做合一"。陶先生提倡教师"千教万教教人学真"，提倡学生"千学万学学做真人"，直接触摸到师生生命发展的脉搏。在《从烧煤炉谈到教育》一文中，陶先生满怀深情地写道："教育的使命是什么？不是放茅草火！不是灭茅草火！是要依着烧煤的过程点着生命之火焰，放出生命之光明。中国教育的使命，是要依着烧煤的过程点着中华民族之火焰，放出中华民族生命之光明。"

20世纪末21世纪初，生命教育在我国渐渐热了起来。生命教育本应有许多切入维度，也可有不同称谓，但其思想主旨相同或相近。国外如此，国内亦如此。我看重并倡导的生命教育突出了情感教育这一方面，1990年起不断强调情绪情感是生命的基本表征，是生命的重要机制以及一个人生命素质的"内质性"保障。我以此为学术基础和教育理念，分别在供职南京师范大学、原中央教育科学研究所以及担任中国陶行知研究会会长期间，以很大的热情推动生命教育的研究、实验与普及（包括宽泛和专指意义的）。我的第一位博士生刘次林1997年撰写"幸福教育论"，我的另一名博士生刘慧2000年撰写"生命德育

论",后来不断有博士生的论文选题都与"情感—生命"的基本概念、命题相关。与此同时,叶澜先生提出"让课堂充满生命的活力",创立了"生命·实践"教育学派,与她团队的李政涛、李家成、卜玉华等学者把生命教育研究与中小学教学实践做了很好的对接。朱永新先生提出"新教育",主张"聆听窗外的声音",推动构建书香校园。周洪宇先生发起"阳光教育"实验,生活·实践教育学派与生活·实践教育学学科呼之欲出。刘济良试图构建"生命教育论"的理论体系,刘志军、王北生、李桂荣的研究指向生命教育的视域扩展和校园关涉。张文质、冯建军、石中英、黄克剑等提出"生命化教育"。王鉴、夏晋祥等提出构建生命课堂的思想。刘铁芳、肖川、郑晓江、欧阳康、何仁富、汪丽华、赵丹妮、袁卫星以及港台地区的孙效智、纪洁芳、钮则诚、林绮云、吴庶深、张淑美、郑汉文、汤锦波、何荣汉等学者也从不同维度对生命教育进行了深刻的研究,提出了一系列有价值的思想。

中华大地,藏龙卧虎;十步之内,必有芳草。各地学者和一线教师对生命教育的研究和实验风起云涌,怒涛排壑,千帆竞发,百舸争流。这一切必将载入中国生命教育的发展史册。顾明远先生提出"教育的本质是生命教育"。教育的变革和发展永无止境,对生命教育的探索和践履也永不停歇。

生命教育的研究和表述可以有也应该有多种维度。王定功博士试图从诗学的角度切入生命教育,以诗歌的语言对生命教育进行表达，这是一件十分值得鼓励的事情。

王定功博士是我国生命教育研究团队中的一名重要学者。他是著名教育家顾明远先生指导的博士后，我愿意视他为同侪和知音。在首都师范大学儿童道德与生命教育研究中心成立大会上，我与定功博士首次相遇，那天我做了一个关于陶行知生命教育思想的演讲。而首都师大新成立的这个中心，其主任是由我指导的博士生刘慧担任的，当时她已是初等教育学院的副院长、教授、博士生导师。午餐时定功博士与我相邻而坐。那段时间我的健康状况不是很好，定功博士不知怎么就看出来了，他关切地建议我"枫红荻白，云肥风瘦，正是中秋时节，建议先生出去走走，比闷在家里的好"。他穿着虽稍稍寒素，但谦和温文、儒雅脱俗，简直像是从唐宋穿越而来！

我慢慢了解到，王定功博士是一名厚积薄发、大器晚成的学者。他曾做过16年的中小学教师、教育行政官员。2007年，他赴北京师范大学教育学部教育学原理博士课程班学习；2008年，他考入北京交通大学人文学院，师从哲学家路日亮教授攻读博士学位；2011年，他又进入了北京师范大学教育学部博士后流动站，师从著名教育家顾明远先生从事博士后研究。近几年，定功博士十分专注地进行生命教育的研究和教学，先后从不同维度向生命教育"包抄"过去，对生命教育的源与流、理论与实践都"弄弄清楚"（顾明远先生语），为中国内地方兴未艾的生命教育提供助力。

王定功博士于2011年在上海交通大学出版社出版专著《青少年生命教育国际观察》，这部书被《中国教育报》评为"2011年影响中国教师的100本图书"之一；2012年在上海交通大学出版社出版专著《青少年道德教育国际观察》，这部书使作者进入"上海交通大学出版社建社30周年作者墙"；2013年在教育科学出版社出版专著《生命价值论》，这部书被评为河南省2014年教育科学研究优秀成果奖特等奖和2016年第五届全国教育科学研究优秀成果奖三等奖。他独著及担任第一作者的著作、教材已见书34部，包括此次积十数年功力整理推出的《生命教育诗语》《生命教育丝语》《生命教育思语》《生命教育私语》《生命教育释语》共十余部。按这样趋势看，著述等身于定功而言并非夸张。这些著作是一脉相承的，即分别从生存哲学、教育哲学、课堂教学、诗学等不同维度切入生命教育，体现出一名睿智学者的学术自觉。

王定功博士在学术上具有多方面的兴趣和成就。最难得的是，在生活中他洁身自好，对真、善、美、圣有着虔诚的信仰和坚定的追求，不啻"浊世佳公子，翩翩一书生"。尤其是他在科研合作中低调从容，"重言勿泄，少任敢专"，"重情重义，生死相许"（台湾同行纪洁芳教授语）。江西师范大学生命教育研究专家郑晓江教授辞世，定功独坐书窗三天不食不语，那段时间他的QQ签名也换成了"愿我的死，换他的生"。而他俩见面不过三次而已！

承蒙不弃，定功将"生命诗语"各个系列均送我审读。由于健康的原因，我时断时续地阅读，读得不多，但越读越喜欢。"生命诗语"以一种生命共同体的视角直面"天地人神四方共舞"的世界，歌咏自然万物，赞美成长着的事物，吟唱人间的美好情感，探问生死哲思理路，展示书生报国情怀，褒扬真善美圣，表达生命教育的学术致思。若用一句话评价"生命诗语"，那就是：天地人心的深情探问，生命教育的诗意言说。

其实，生命教育关乎每一个人，每一个人都在用自己的方式践行生命教育，发出生命诗语。我本人自1986年进入道德情感、情感教育研究之后，便对情感与道德、情感与生命的关系越来越敏感和在意。用情感——生命之"眼"去看教育、观道德教育、做教育研究竟成了我的个人学术偏好。回想自己从40岁起，就有不同的肿瘤疾患不断来袭，饱尝了大手术和化疗之苦。可以说，30年来如何对待生命，如何处理生命与工作的关系，一直是我个人真切的人生课题。生命之脆弱与生命之坚韧这相左相反、交相混合、反反复复的复杂情绪感受总是随着身体状况的起落变化，每每考验着自己最真实而无法逃避的生命态度。我似乎是懂得了生命实在值得珍惜，的确应当珍爱生命！可珍爱生命并不是惧怕死亡，也不一定真能做到不惧怕死亡。自觉的死亡教育在我们这里还是十分缺失的。癌症给人带来的不只是痛苦——尽管那痛苦常如剜心蚀骨，它还会让人零距离地直面生死大限，思考"生从何来，死向何去，我是谁"

的问题，思考如何把握生命每一天，把最值得做的事情做好，尽最大努力提高生命的质量（肉身的与精神的）。因此我特别感谢生命教育和现代医疗，前者给了我对生命的认知和勇气，后者给了我身体有效的疗救和保护。不久前，我又度过一次生命危机，现在出院了，重新走在阳光下，坐在书斋里，享受生活的馈赠。

恰逢此时，看到王定功博士奉献生命教育大作，捧读、吟哦"生命诗语"，是一件令人愉悦的事情。天地春回，鸟儿叩窗，丁香快要开放了吧？我从心底里感恩生命，感恩所有热心生命教育、给无数人们带来生命智慧和力量的人。

斯为序。

朱小蔓

南京师范大学随园

（朱小蔓，中国陶行知研究会会长、俄罗斯教育科学院外籍院士、北京师范大学教授，曾任南京师范大学副校长、原中央教育科学研究所所长兼党委书记）

序三：此山此水归来兮

我友竹香居士著"生命诗语"系列著作，其中有《山居》联语一卷。竹香兄嘱我作序，我欣然从命。

《山居》包括七言成联200幅，分为4辑，分别为牵萝补屋、植竹留云、停琴贮月、横剑啸空。每幅联语均附带赏析文字。书中还配有多幅著名词人月怀玉提供的"如梦霓裳"汉服摄影作品。焚香端坐拜睹样稿，让我不由而生欢喜之心。

晋人谢灵运和陶渊明吟咏山水，肇启山水田园诗派；唐人王维和孟浩然等继其踪轨，抒己胸臆，山水田园诗派蔚然大兴；之后代代损益，薪火相传，山水田园流风遗韵，今日不绝如缕。竹香兄楹联《山居》正是对前人山水田园派诗风的扬弃。

"明月松间照，清泉石上流。"摩诘居士描写的是典型的山居意境——皎皎明月从松枝隙间洒下清光，泠泠泉水在山石上淙淙流淌。而竹香居士《山居》联语也同样构成山居意境之长图绮境，清丽之处直可与诗佛比肩。我仿佛看到两位居士穿越时空相会，偕行山阴道中，大袖飘飘，三击掌，八叉手，联诗逗对，切磋琢磨。

整卷联语对仗工稳灵动，节奏变化有致，意境冲淡高古，音韵优美绵长。空山、翠竹、溪水、明月、花鸟……《石壁精舍还湖中作》《饮酒》《鹿柴》《观主题山房》等所摹写的静谧、空灵的意蕴在竹香兄联语中复现。这是一方多么清静幽美、纯洁无瑕的天地，又是一个多么独立自由、超拔高蹈的世界，正可让人物我两忘，直抵天人合一之至境。

竹香居士是一位严谨的生命教育学者，镇日里端坐书斋写些岩崖高耸的高台讲章。仿佛偶有一只蝴蝶翩然而至，引领居士寻至桃源幽谷，直抵居士心灵故乡，且自半日偷闲，暂眡山水为邻，侣云月为友，偕松柏同醉。我时常想竹香居士的理想栖居环境正如明人乔应甲联中所语："窗外数竿君子竹，柯叶常青，独得山中雅趣；庭前一丛隐者花，芬芳不散，愿与野客平分。"竹香兄立在窗前，一卷在握，没有"万事不如杯在手，人生几见月当头"的消极，而多"何于竹下比青衫"的隐逸。心态中正，居处留香，令人感佩。

　　此山此水归来兮。读者诸君，让我们共同品读《山居》，吟哦《山居》，执手畅游那抱朴守拙的一方天地，共同体味那久违的飘逸、高古、冲淡、幽明和风雅吧。徜徉山居之时，分花拂柳之际，我们的衣袖也会被这漫山的空翠润湿吧……

　　斯为序。

罗增富

福建连城

　　（罗增富，著名诗人，文越书院研究员，河南大学生命教育研究中心特聘专家）

目录
MULU

i / 序一：人生如诗（顾明远）

iii / 序二：生命教育的诗意言说（朱小蔓）

xi / 序三：此山此水归来兮（罗增富）

1 / 第1辑 牵萝补屋

31 / 第2辑 植竹留云

57 / 第3辑 停琴贮月

81 / 第4辑 横剑啸空

105 / 跋：竹香入酒赋新诗

万木春风摇月响，
一篱花雨破山青。

——本辑导语

第 1 辑

牵萝补屋

此去山川无所欲，晚来风雨两相安。

前人有联"莫放春秋佳日过，最难风雨故人来"。此联有其几分心迹，不过多了一分放况与超然。我来到山居无所求无所欲，山花或许在旁芬芳，山鸟或许在窗啼闹，但都无法影响淡然的心境。只有暮晚时分的风雨，仿佛如好友相约，一起清谈。这就是山居的意义所在，物我融融其乐。

酒誓春风为莫逆，诗言花雨已相违。

山居亦有性情，把酒问春风，结为知己谈。然有所得，便有所失，这是辩证法的永恒定律。诗言花雨已经很久没有如期而来了。古人也好，今人也罢，诗酒之间最容易见天真。这就是山居的得失之间，可见性灵。

云松上下得真意，天地之间有古人。

所谓的古意，正如此联，不多一字费笔，可以与古松为邻，与古人为友。读此联，可以感受到山居真正意义上的自由独立。上联写山居之契阔，下联写心境之广况，很自然地延伸寓意。我们常讲今人文字不可一味无古人，又不可以一味近古人，指的就是意境可以媲美古人，语言可以不类似古人。

山中岁月何妨逆，世上文章亦可删。

古人有言"山中一甲子，世外不知年"。正是说山居岁月能使人保持常青的感觉，是因为山居的环境符合我们的自然生活。此联上联正是如此解读，接着又有文章可删，说明精神亦自由。如此逍遥，方是山居。一逆一删两个动作说明作者的自主人生价值观。

> 万木春风摇月响，一篱花雨破山青。

诗意的山居又何尝不令人向往？想到山里的春风是多么的清脆，可以摇月响。想到山篱的花雨是多么的顽皮，相争破山青。视觉和听觉的双重享受，可以为文学增添几分情趣。我们常说文学的第一接受窗口就是视觉艺术，其次是听觉艺术，此联很好地印证了这一观点。

> 人间比目何辞老，诗里多情独自由。

所谓距离美，一种是眷侣之间的，可以朝暮相对，比目一生也是情意绵绵；另一种是文学的自由，无拘无束，可以飞翔。两种都是我们可以体会，可以领悟的。在享受山居神仙眷侣生活的同时，不忘做文学精神世界的飞人。

宁退热门思冷灶，
聊斟老酒慰新诗。

避热趋冷，是为人处世上的态度，可以山居，由此得到老酒以慰新诗。联语可当格言联读，有一种自我清醒的作用。此中意境比较适合那些红尘滚滚的过来人，从此在山居得到最大的身心自由与境界安宁。

避暑空山寻冷药，结庐老树抱白云。

人世间何谓避暑，何谓清凉，这个答案也许只有在山居才能得到。所以避暑空山寻冷药，但实际上并没有这么一服药，有的只是内心需要的清凉。由上联递进而引来下联，可得山居自然。结庐老树抱白云，这个"结庐"可以解释为避暑的心境得到了升华。

欲与白云谈道德，先从秋蟀戏人生。

所谓高标难得，顽皮易有。此联告诉我们一个山居的道理，欲要精神返璞归真，需要先从生活上修炼，此为至理。"对仗已妙，道理更妙。"此联很有老子的处世风度，道德经五千言其实都体现在风物之中。整副读来趣味兼哲理并存。

**五岳不高堪作枕，
浮云散漫可披衣。**

风神独立，如谪仙散人。其气度精神，与天地为契。比如视五岳不高，堪为诗枕。剪浮云散漫，可作诗衣。七言成联里常有一种比较夸张的手法，正是此联所用，读来浪漫。

宁作山中诗宰相，不为世上草秋虫。

人生如草木一秋，便泯然众矣。此联写内心的独立，不改大志向，想来只有古人中那些被贬的诗人们才有此境界。比如王安石，比如欧阳修，比如苏轼，比如王维，等等。任环境的改变，岁月的迁移，都不曾磨灭作者心中的高贵人格精神。

到处春风初落落，一丛野韭复青青。

仿佛一场空山春雨后，清凉呼吸而来，碧绿扑面而来。正如此联所言，有一种清新的气息在山居蔓延。由此想起了王维的辋川别墅，或者刘禹锡的陋室，或者陶渊明的东篱，或者苏东坡的东坡，此联都可以作为注解。

从此梅花成我眷，何妨白雪作先生。

庐畔梅花，三两成香，可为我眷侣，有如林和靖乎。飞来白雪，指点诗词，更怜梅花弟子，有如先生乎。此联的风雅可以让人内心一动。读此联，仿佛见西湖孤山，与梅妻鹤子的典故产生一种类似共鸣的作用。

月来满地铺幽境，峰自极天语上人。

上联不沾半点俗尘，下联可以风神入天，整联透露的是清冷幽俊。想象一个唯美的诗情画意场景，既有平面的明月，也有立体的孤峰，都是体现了作者内心的境界，一为幽雅，二为清孤。

一庐洗墨寻常瘦，万里投荒岂自宜。

山居的精神高标独立，旷古襟怀，从此联可得几分注解。上联寻常平淡而写，下联转入精神考量，发问而思。这样整联的深度与力度都有了，读来可以回味自省。一个寻常，一个旷古，这样形成了对比的味道，更突出了山居的境界，给人内心自省与外物自拓的双重文学感受。

山泉冷眼真知我，花月春心独出篱。

何谓知己，比如山泉冷眼，看我内心也是清凉，可以坐而论道。这是山居的一个清醒作用，与此形成矛盾的是花月的春心，却是有几分不甘寂寞。整联读来很符合人物的内心，一安静，一波动，两相平衡制约。

诗似春蝉才去蜕，酒疑花雨自垂珠。

我的诗如一只附在山树上的春蝉，经历了风雨的磨炼，完成了其进化的蜕变。我的酒如几树山花的雨珠，清澈而香，如此成为人间美酒。上联说的是山居内心的升华，下联说的是山居风物的天然，如此契阔。整联比喻极佳，境界自高，仿佛谪仙诗人。

幸有山花名小小，不惜风雨唤卿卿。

　　山居也可以是一种清丽，也可以是一种柔情，比如此联，吾所爱之山花，名为小小，吾所怜之风雨，可近卿卿。整联虽说的是风物，其实是一种内心的自我怜惜。"如是美人，我见犹怜。"

我有一壶天地酒,诗吟九派水云秋。

何谓山居落拓,此联可以为注释。我有一壶酒,可装纳天地块垒。我有几首诗,可安排水云秋事。整联读来干净利落,是为诗人心声之语。再品此联,仿佛谪仙诗人,竹杖芒鞋,行走在山川秋水之间,几度逍遥笑傲。

一点秋心云裹住，九溪明月鲤衔来。

山居也见细腻，比如一点秋心被闲云裹住，与此形成的对比是，九溪中的明月居然是由鲤鱼衔来的，极为雅致。整联透露出山居的闲逸与淡雅，同时画面也美。

未料人间头已白，且读叶上月先凉。

上联有出乎意料之外，而且值得深思咀嚼，是种对世事的惊讶。下联且读"叶上月先凉"，反而有了逐渐淡定从容的状态。所谓忧思千里，宁静一时。

草木何妨垂雨露，江山只是赋诗人。

更多地近自在，观察身边的一草一木。更多地忘远尘，一如江山只是赋诗人。整联表达的是一种只求清新山居，已忘人间事业。笔法以小见大，以景抒情，自然而然，可谓古人之山居。

杖下山川曾左右，人间风雨自清明。

上联想起了李白诗句"我本楚狂人，手持绿玉杖。五岳寻仙不辞远，一生好入名山游"的意境，这是种胸襟的大气。下联想起了苏轼的词境"也无风雨也无晴"的一半意境，这是精神的体现。整联勾勒人物，呼之欲出，对仗处以清明对左右是为妙笔。"跌宕开来，全是直笔。"

鱼劝秋波归月府，
酒封红叶作诗侯。

笔法奇特，所以读来意境也诗意出奇。上联有风物自得悠然之境界，下联有人物醉了风神之感觉。袅袅鱼姬露香凝，潺潺秋波透真情，本是戏笔，却写出正笔之境。淳淳绿蚁对红枫，叶叶飘然自动人，自是诗笔，却写出画境之感。

廿四桃花皆易落，三千诗酒任长生。

　　风物的感伤，比如桃花的落去，却不能影响诗人的积极心态，比如李白，一句"三千诗酒任长生"可谓谪仙之语，可谓性情之语，可谓诗酒之语。整联通过风物与人物的境界对比，从感伤到振奋的过渡，可见山居意境对人物的内心影响何其重要。

自古寒泉君子水，
从来明月女儿心。

　　既有抒情，也有格言，可以一读。所谓君子之交淡如水，首先得有水，所以寒泉成全之。所谓多情明月照红颜，可见得有月，所以女儿心向往之。"格物知情，物我相融。"于清冷之中有着作者的冰心与温心。

春风小挂牛尖角，短笛晚吹野陌花。

牧童骑牛归来，看着野陌的小花，吹一曲悠扬的暮晚山笛，何其质朴自然。上联拟人恰到好处，一个"挂"字表达闲情。下联一个"吹"字可以闻声闻色，表达欢喜。整联近乎自然，发乎真情，所以可以让人动心动情。

不辞长作白云客，
已惯闲闻秋雨声。

从整副对联的意境去看，此联已经得山居愚山的境界，就是对待自然的心态很寻常，不会有太多的心理波动，这是已经得道的状态。与白云为友，与秋雨为邻，即可作半个山居主人。

何如草木发春雨，可以文章有直声。

诗思不已，风物为阻，故可以让草木发出春雨之心声。下联就直奔主题，对事物看法一语中的，也是种心态的表明。整联意境显得人物心态积极，精神饱满，适合山居的契阔。

联语自咀嚼品味，风物之心，也是人物之心。

不料砚中松露满，相怜窗外月华生。

一实一虚，营造出了山居的书生环境。可以想象画面：松露垂滴古砚，有几分古香，月华相照书生，有几分清寒。"不料"是种欣喜，"相怜"是种契阔。一个"不料"起得情趣，一个"相怜"可见情怀。

诗读儿女春风里，花谢山溪垂柳边。

读诗要有情境，所以儿女的春风出现了，这是一种有所求亦有所得的积极心态。写完了人物，再来写风物。因为上联的积极，反而下联不显得惆怅，而是自然坦然。整联的意境淡雅如风，契阔如花。

小坐青山云亦侍，相呼流水鲤为徒。

云为侍，鲤为徒，可见山居之隐士淡雅情怀。古人有梅妻鹤子之典故传说，想来有云侍鲤徒也不是不可能。整联格调清欢，可见内心欢喜。读来流畅爽利，可以助诗情画意，浮一大白。

花落泥边来履印，雨回峰末放云茶。

全联十四个字，皆为描写，可以如画，既有诗意的造访，也有禅意的品尝。上联花瓣落成泥，此情此景有人怜惜，可见人物内心细腻。下联雨片到峰中，可以煮云雾之茶，可见人物内心浪漫。

九溪水月游鱼尾，一朵山花覆我眉。

上联欢快，可以想象溪水中游鱼拖曳着明月清游的惬意。下联淡雅，可以想象一朵山花跌落时正巧遮住了书生的眉。"以距离感，写出唯美。"整联山水之间各有情趣意境，可以轻松眼睛，愉悦身心。

日月如丸浮酒上，松涛列阵坐云间。

上联日月如弹丸，浮我杯酒间。下联松涛如战士，列于此云间。全联想象雄浑，气势逼人，是为大胸襟不吐不快之语。这与后面的一联"日月如丸供酒养，文章放胆在花眠"有异曲同工之妙。读者可以自行品味。

判我秋菊何似雪，摇山月色自为樽。

有种诗意叫作酣畅淋漓，有种山居叫作契阔风流。正如此联，秋菊似雪开，可以动诗兴，月色自为樽，可以醉诗句。一个"判"字显得孤标，一个"摇"字显得疏狂。此情此景，正是东晋诗人陶渊明的东篱写照。

老去初知诗有味，往来尽是月离尘。

诗至老方返璞归真，所以才知诗味嚼橄榄。与此对应的是既然自己的内心都升华了，那么身外的风物又怎么能不升华呢？所以才有了月离尘之语。可见境界是随着自身提高，方能看出世间的风物本质。

窨酒生涯谈小字，试花态度避红尘。

我有一壶酒，可以慰山居。此联正是如此，上联诗酒生涯可谓知己，下联山花态度可避红尘。整联形成了内心的清静无为，自得山居闲逸。"谈"是清谈，"避"是隐居，风物如同人物心性。

一壶山水腰间挂，九杖风云世上行。

　　山水腰间挂，风云世上行，想起了苏轼的"竹杖芒鞋轻胜马""一蓑烟雨任平生"。山居就该有此种洒脱风神，解放自我胸襟。恣意的山居生活，积极的入世思想，这样的诗人反而内心更为从容。"既假于物，亦自生心。"

清泉旧迹岩前出，故国文章酒里埋。

　　心在山居，以清泉明心迹，以文章作抱负，可见还是有隐山而出的心态，七言之间可见老到。有不少文人都是暂时以山居安抚自己，待内心宁静以致远，更好从容出山。可见倚山而居确实是个整理情绪的好选择。

春酒勾留三径月，青峰自立一家言。

　　一副对联，其下联最为重要，能从寻常中"转"出不寻常。比如此联，上联是酒意盎然，可以理解为一醉多情。下联青峰自立一家言，就有了自省的作用，可以说脱颖而出，一笔成境。

石从岁月根中老，人在松风谷里清。

上联比喻奇特，有些无中生有的意思，想想石头是怎么老的呢？难道是光阴岁月根中结出来的果子吗？所以上联吸引人，下联就自然老到了些，可以近山居而闲逸。上联写物，下联写人，都得山居之意。

一掌青峰埋酒覆，孤灯小字抵花开。

山居亦有大性情，正如此联，上联青峰缩小成为掌上之峰，然竟可以沉酒而埋，可见豪气与疏狂，下联就是细腻了的感觉，孤灯小字抵花而开，可见孤标与清丽。整联发于心，冲于口，可以为真性情的一种注释。

从今沧海无鲸骨，以后白云作客衣。

虽居山中，能视野万里沧海，而发无情之感慨。上联为基调，下联为转折，所以只有白云作我衣了。整联很见性情，孤清而高绝。类似的作品有"万木春风磨古字，千山夜雨洗前朝"。

云中竹杖闻秋气，篱外儿童剥橘香。

山居能如此得到生活的真谛与乐趣，已经愚山久矣。随行的竹杖能感觉到秋气的到来，这是山居秋的特有意境，也许有点感伤了，但是篱外的儿童剥橘子的动作，又让人觉得其乐融融。

青衫微雨人间湿，红豆春风掌上看。

若多情的才子，独立人间，行走山中，空山灵雨湿青衫，这是一幅有些落拓的画面。接着承转"红豆春风掌上看"，这是一幅深情的思念画面。上联如画，下联如词，起语温婉，结旨风流。

何以松根长住石？只因酒气自成仙。

  整联高古，得淡雅与清闲。想象奇特，为什么松根爱与崖石相连呢？只因为在旁边的仙者仙气飘然，受此影响。这种山居对联读来古味很浓，所以可以一品再品。整幅联语很容易想起赤松子或南极翁的类似典故。

意气堪为巾上酒，风雷只是腹中声。

  能有此境界的估计也只有彭祖或李白等人，可以恣意山间，可以笑傲红尘。君不见意气化为巾上香醇酒，君不闻风雷只是腹中打嗝声。有此心态，可以横扫八荒块垒，可以做个积极的诗人。

生命教育释语 — 山居 — 28

杖挑飞瀑分樽里，身把流云夹腋间。

仙乎仙乎，乐矣乐矣，足见李谪仙风神潇洒。山居能有此惬意生活，心中向往。"挑"字形象，"夹"字情趣。竹杖归来，挑飞瀑布，落入清樽。诗身自在，可以流云，不出腋间。狂气仙气，俱在联中十四字间。

诗人饮酒独一味，木叶听风又几秋。

有一种清孤在沉郁的酒中淡淡起来，转而从心境写到物境，木业听来窗外的风又几秋呢。整联一个味觉，一个听觉，符合诗境。正所谓听云看雨，还是山中好，诗人可以"等闲风月游山水，脱却儒冠著羽衣"。

与几朵白云交友，
留一窝净土安身。

——本辑导语

第 2 辑

植竹留云

清风不管山中月，老子直呼天下名。

　　清风不管，即是逍遥，老子直呼，更为落拓。山中自有境界，山中自有人生。清风不管山中月，此句作者曾一句百对，当仍以此对句为最佳，为何？初心而已。也可以类似"清风不管山中月，流水相闻庐里诗"。只是少了几分疏狂。

自言深旨近于酒，欲养清心淡似松。

　　山中有宰相，醉酒似诗人，所以在情趣上以酒做文章。这是一种书生气质的体现，下联转而修心，以松为样。整联情境淡雅，可以洒脱。不在篇幅长短做文章，而是以意境为主旨，可以清淡读之。

应有山花相似酒，谁言野老不及虫？

上联清新淡雅，下联老顽情性，比拟可爱，又有情怀。可以想象山居有花自醉，笑那隐居老翁不如花虫洒脱，这是一种风物对人物的浅思。这样的心境很难得，一片天真任自然。

只道竹窗多近雨，长猜花鸟不疑人。

山居自有入境之说，比如竹窗就与山雨多近，这是一种自然而然的山居状态。转而下联"花鸟不疑人"体现物我相知相融，这是一种和谐状态。整联清韵翩翩，文笔淡雅，可以回味。

流水行云随所适，清风明月两逃禅。

上联流水行云一气呵成，下联清风明月两不相欠，整联表达的是山居的惬意之感，流露出山居的闲与趣。可以风人过往犹馀影，亦可以木叶寻多似有声。

万里长歌秋木叶，九州可幻白云城。

山居之境，可以延伸，这是领悟山居的意境。出句一反古诗"无边落木萧萧下"的语境，而是清歌。对句可以想象力作文章，得山居之上白云城。出对整体构成了逍遥幻境，可以一游。

抄月清泉一夜冷，煮诗绿蚁九天香。

有声有色，正是山居之理想场所，上联可以近古人书法，下联可以近古人酒兴。一抄一煮，可以幽然。上联用视觉手法，下联用嗅觉手法，一冷一香，正好平分秋色。

酒里多情筋力懒，人间永夜鬓丝长。

山居亦可小情怀，小温柔，小旖旎。诗者多酒兴，此为心境；诗思多鬓发，此为怀人。小诗一首相解，"山花庐外矮，山酒几分凉。君在江南望，偶于永夜商。"

诗贫只剩一溪月，身健还摘几架瓜。

读来可以微笑，所谓贫者不贫，还有一溪风月不用买。所谓兴者还兴，可以摘几根颀长黄瓜。这就是我们向往的山居意境，写出一种隐者的真谛生活。"不求物外，只富内心。"

雪圍梅花招鶴迹，
文章肝膽覆龍鱗。

奇特的比喻，使得此联有深刻印象。上联还是比较寻常的梅花意象，下联"文章肝胆覆龙鳞"可谓出人意料，有自强自健内心思想。这样形成了隐与发的对比，诗意作联，可以尽兴。

杯酒何妨沧海侣，文章只拜白云師。

上联意境契阔，下联意境超脱。这样的情怀，怎不让人惬意呢。以大境界，才衬托山居生活的真谛。大气饮酒，大气作文，大气为人。

莫笑莺花留故事，也知山水养初愚。

不打破春天的悬念，可以留莺花故事回味，要知道山水的情怀，可以从难得糊涂去理会。一情趣一处世，自然而然。整联体现了一个热爱山居生活的文人形象，可以为莺花朋友，可以为山水粉丝。

日月如丸供酒养，文章放胆在花眠。

全凭想象力做文章，如上联把日月比作酒丸来养，下联把文章放在花丛而眠，这是山水与人物相融相契的印证。整联读来流畅而淡雅。而有这种情怀的诗人无非谪仙李太白之流，纵横放肆，浪漫山川。

与几朵白云交友,留一窝净土安身。

只有到无为方有为的时候,才能有如此悠闲得意之语,真正达到山中无主人的平等境界。如果细细看,这似乎可以成为懒云窝的题写。字面干净,境界淡泊,很是见情趣意趣。

山川落地为兄弟,风月离人不酒樽。

何谓情趣,山川落地,山川近我,即为兄弟。何谓逸趣,风月离人,风月离怀,不成酒樽。上联的出乎意料与下联的合乎情理对比,反而值得回味。"古人所见,自是胸襟。"

有子诗词初本色，无情风雨最聪明。

窃以为在山居，对看待事物或有不同的角度，比如上联是初心的坚持，下联是风物的睿智。整联性情其中，处世在外。诗词本色如我，风雨聪明是它，各有自己的机遇与心境。联语给人咀嚼如橄榄的味道。

洗竹稿添峰笔画，居山性转石莲花。

全联以清代苦瓜和尚石涛为原型来写，石涛是山水画家，提出"一画论"。其有"搜尽奇峰打草稿"之诗语，所以此联即是修身也是修心。上联写其画技，下联写其佛心，完美和谐一体，可作其格言品读。

但愿泉深春洞里，可知梦老旧桃中。

上联见淡雅，下联见幽思，仿佛山水境界如探桃源洞。

我曾有另一联可以与此联比较着看，题桃源洞"洞口何曾流水去，桃花已是小天居"，比较文学情绪化，不如此联更见从容心态。

长歌烟雨一新酒，只笑江山两旧童。

整联见太古情怀。烟雨一壶酒，江山两旧童。坐歌松石上，唐宋亦从容。全联运用比拟手法，把烟雨比作酒浆，把江山比作童子。这里体现了作者的放旷与从容，山居的生活态度只有如此契阔才可以达到山居境界的第三重：破山。

雪中冷淡千年月，梅外斜出三两枝。

"冷淡"似凝，"斜出"似放，如此可以为一收一放，境界自如。整联表达了雪里梅花的清冷与孤标，如果孤山林和靖先生看到此联，或引为知己之谈。联语清冷笔法，自有内心温度。

不知红雨惜花色，可恨春风猎小蝶。

上联寻常，下联清丽。两个动词"惜"与"猎"形成鲜明的对比。"不知"并非真的不知，只是觉得自然；"可恨"并非真的可恨，只是觉得可爱。整联可见诗人对于春天的怜惜与山居的向往。

林泉复此凉风起，诗客仍闻云上居。

上联平淡无奇，下联一笔拔高，点出山居之士高雅风流。整联可见平面与立体的感受，写出了山居的清幽。林泉依旧，可以洗尘埃，可以引清凉。只有诗客不定，是还在山居吗？是还在云居吗？答案是肯定的，这样的连续笔法更让人羡慕山居的幽雅。

居山风月何曾买，照影灯花自己开。

从联意能感受到诗人的清孤，这是种精神风骨，所以连山居的事物也都受到感染影响。前人有联意青山何必花钱买，此上联正契合。下联更似乎见证了作者的山居生活，宁静无为。

幸因墨近诗龙醒，不觉夜孤酒蝶飞。

诗龙，酒蝶，可以看出作者情怀近古，带有性情的山居写作，给人一种无限温柔的感觉。附诗一首："灯火窗前燃我眉，千峰背影自巍巍。幸因墨近诗龙醒，不觉夜孤酒蝶飞。"

苍苍云气松如隐，渺渺春秋梦始回。

大隐如彭祖一梦八百年而醒，是谓光阴之隐，其实更深的是境界之隐。附诗一首："可是书生冠履随，经年月色照泉围。苍苍云气松如隐，渺渺春秋梦始回。"

愿白云生沧海量，坐小酒视古人心。

高古之风，尽在联中。意境可大可小，是谓襟怀畅达。大家注意下此联的节奏点，按节奏三一三划分来读，方觉流畅。白云生沧海，小酒视古人，本身已经是种境界。可以书写成墨宝悬挂山居书房。

世事无情归莫莫，
山花一笑唤真真。

人世间与山居里的区别，人世间多了无情冷漠，山居里多了安宁自然。如此的对比，方显得山居可贵。整联有看淡红尘，喜欢山居的心理。更知道有一失必有一得，所谓难得聪明，正是如此。

> 还乡先使白云问，试酒何妨红鲤尝。

移情做文章，不直接写主人公，而是间接通过白云、红鲤来表达游子还乡的心情。近乡情更怯，可以白云先试探之。试酒又如何，可以红鲤代为尝之。这种退一步的写法，可谓曲笔，滋味其中。

> 一担清泉分鲤月，两家旧灶共炊烟。

充满了山居的生活情趣。清泉不独享，可有鲤和月分享。炊烟不独有，明明是两家的。整联体现了融融其乐。这样的山居谁人不向往，谁人不快乐，可见古人之间的情趣诗趣。"画面已有，情趣更佳。"

山似青丸弹不去，花如美女眷还来。

　　比喻奇佳，通过通感的手法，以小见大，以温见柔，表达了作者对山居的喜爱。诗心剔透，可以简单。把山比作弹丸，把花比作美女，都是合情合理之想象。联语淡雅，给人文学美感享受。

几朵桃花牛背上，一庐烟雨竹篱间。

如素笔描写，身临其境，可以想象还带着雨露的桃花轻轻地跌落在青牛的背上，可以想象周围的环境是一庐的烟雨蒙蒙。既有山居的自然美，也有田园的清新美，可谓乐在其中，写出晚春的宁静。这样的山居生活正是我辈孜孜以求的梦境：有一头牛相伴，有一棵桃树相伴，有一庐烟雨相伴，有几竿绿竹相伴。

万古松如明月立，一身衣作野云披。

写出了山间散人的风度，一如松月，一如野云，可以理解为高古情怀，给人一种闲散潇洒又落拓清孤兼有的感觉。

上联写出了立体感觉，下联写出了平面感觉，两者对比后，人物形象更为丰满。语言味道古雅周正，读来如见斯人。

偶见樵夫担日月，时闻壁虎上藤萝。

上联充满想象，见大气。下联充满情怀，见细腻。整联给人一种视觉的享受。大小形象对比，更觉得山居生活的真实，近自然发自然心。

万里云山皆草稿，一天风雨近篱门。

上联眼界开阔，下联心界自然，这样构成远近的对比，既有诗意，也有心情，可以一联二得。正所谓诗人气质，可以万物皆入诗中，可以万物都是初心，可以万物都是灵感。

推窗且放桃花入，负手长观风雨来。

一推一负，已见书生温柔情怀与磊落气度，整联不疾不徐，信步成联。附诗一首："推窗且放桃花入，负手长观风雨来。我自山居言往事，谁家儿女小托腮。"

近树高斋还有酒，流泉小月适无衣。

近古人风，得古人味道，有树，有斋，有酒，有泉，有月，有衣，多景自然安排融合。整联犹如进入古人的书斋氛围，还有山居小月的感觉。类似联作如"山中明月同僧室，松下琪花傍鹿身"。

意气何妨沧海定，文章先看十年花。

沧海潮，只是摇，如意气可定于沧海，见诗心宁静。文章字，十年花，此中可见耐得住寂寞，见诗心笃定。整联寓意很深，见山居的自省与修养。

文似苍松双鬓老，心如秋水一鱼青。

以文载道，以心流水，各有比喻，很贴切的语言，可见山居的拙朴和老道。附诗一首："山间儿女自经营，十二青峰背影曾。文似苍松双鬓老，心如秋水一鱼青。"

黄花已诺分秋色，名士今来减半愁。

风物可以有一诺，人物自然亦可一诺。整联体现了一种情怀的寄托，风骨翩翩，可以亲近。语言味道淡雅，思想立意清高，风物人物一体，显得山居意境融融其乐。

吾道不孤秋月上，诗情有合碧云间。

我的道，我的诗，在秋月上，在碧云间。只有达到山居的愚山境界，才能有此诗意之语。附诗一首："吾道不孤秋月上，诗情有合碧云间。几条藤蔓傍山舍，细听流泉说永年。"

非酒非诗非事业，一山一水一藤萝。

此联可作谪仙李白的画像，并非以诗酒为业，只爱山水间的一草一木。读来全联风神洒脱，可见风度翩翩。越是寻常字面，其意境越可细细品味。

九曲荷溪才涨绿，一篱烟雨又扑瓜。

写得生动，富有水居山居生活气息。动词"涨"与"扑"用得恰当鲜活。读来仿佛见周敦颐的濂溪居所，可谓自然得逸。

上联写溪中的荷花生机勃勃，下联写篱中的瓜果经烟雨滋润，都是纯写景，表达作者对山居的热爱。

文章总作酒仙佩，风雨何妨山鬼谣。

何谓性情，如此就是性情，见文章而生酒气，见风雨恍如歌谣。此生做个性情的山居诗人，是一种奢望吗？答案：不是的。类似联作"明月可当山太守，苍松自诩酒谪仙"。

一顿饭寒泉可煮，几首诗明月相题。

读来顿觉禅意，可以作寒山僧了。山居不止是诗心的修习之所，更是禅意的修习之地，可以理解为什么寺庙多居山傍水了。这副作品的节奏点是三二二，读者可以体会。

逃名我自南山隐，忘世花从微雨开。

上联还是寻常，下联已有感觉，一种落拓与温柔并存的山居意象，给人宁静回味的余地。整副作品可以为东晋诗人陶渊明的山居自题。

只谈风月留新稿，不抱江山作主人。

阅读全联，一位酷爱诗歌的隐者形象跃然其间。风骨近古，文字为新。以一首小诗为附："一架诗书一架春，红花近此寂寥身。只谈风月留新稿，不抱江山作主人。"

小字情怀皆豆蔻，一天风雨属先生。

读来既有温婉的情怀，也有落拓的风神。这种对比很鲜明，给人一种张力。山居能做到如此，即可温柔，又可沉吟，可见领悟了山居生活的真谛。

放履人间皆是客，修身竹下乃为诗。

"放履"是谓红尘心，修身是谓竹下诗，可以从对比中发现山居生活的可贵。整联放得开，收得拢，是谓联意皆有。联语可以作为山居格言联一读。

无限风情飞落叶，有人心事属孤灯。

无限风情，有人心事，有无情更有情的味道。飞落叶，属孤灯，是诗心的寂寂。整联读来，感觉内心有座怀念的诗居。我们说山居意境也有悲欢苦乐，想来此境比较适合清代诗人黄仲则。

敢问九天何抖擞，试从秋水养精神。

既有问天情怀，也有秋水精神，可见胸怀落拓与温柔有之，纯为风神描写，却见真性情。附小诗一首："居山一角养白云，对坐青崖暮而晨。敢问九天何抖擞，试从秋水养精神。"

山间月小自相契，
天下事多不再言。

——本辑导语

第 3 辑 停琴贮月

文章既写能容世，山水相逢可忘机。

上联是自我放况的精神，下联是自我抱朴的生活，可以作为山居文人的一种总写。这里强调的不是迎合，而是一种相互包容、相互欣赏的山居生活态度。此联属于意境流水成联。

十年风雨不知味，一朵桃花自笑颜。

由联中可以感受到那种自我坚持自我释怀的文人气质，正所谓"也无风雨也无晴"，作个桃花的山居知己可以契阔矣。有这种淡然的心态，可以很洒脱地诗意栖居。

花气凉人春过半，诗心流水句如初。

从"藤萝绕履印微先，纶巾沾酒兴微酣，竹篱掩月梦微酣，藤衣沾露绿如初，虫心眠月梦微酣"五句来选，还是不如"诗心流水"一句的意境。

> 不厌诗中山复水，好游月下宋和唐。

不厌者，是山与水可为诗，好游者，是宋和唐可有月。可见诗者的山居心境放况或冲淡。曾以"好邀花下蝶和蜂"对之，最后觉得不如宋和唐一句。

> 风月似衣从影立，
> 诗词如豆在灯眠。

山居之孤独，也是有形象，风月如影，诗词如豆，可见内心的细腻变化。上联仿佛孤独的诗人可以看到自己的风月影子，一个立字显得立体形象。下联更有词心的缩写，见细腻的观察与刻画，有点温馨冲淡了上联的忧伤。

山寺桃花依旧伞，春风流水辨红鱼。

  整联如画，却有流水般的诗意与禅意，给人一种山居的唯美艺术。山寺桃花三两朵，红鱼青荇两相依。露珠花瓣盈盈落，春风流水从容去。从动词"依"与"辨"还可以读出一种轻快的感觉。

山峰雪馆无双侣，天地梅花第几枝？

此联写出了天地之间的契阔，阅此胸襟可为之一展。尤其发问一句"天地梅花第几枝"，有拔高之效果，淋漓情性。

白云几卷诗当健，流水十年客到稀。

整联描述了一位甘于做学问的山居隐者形象，只有白云亦可为诗，何妨流水十年，无客访问。上下联语体现了"人不知而不愠"的君子风度。

沧海鱼龙无旧识，白云心事有谁知？

所谓沉着，即是此联，上下联表达出另类的放况，无为而有为。想想远方的沧海鱼龙，已经流水而去，何须介意旧朋。看看天上的白云心事，不如彻底放下，无需介意谁知。

诗不逃名何以静，心如流水自然清。

"逃名"，即逃一切之俗名，包括写诗亦是如此，只有不求名的诗句才是真正作者想写的诗。下联很好地流水承转，以风物对人物，也是如此，清净在自己心中。

山芋焦香僧腹响，岩花小碧月衣轻。

上联写出了可爱的情态，下联写出了幽静的情怀。一动一静之间，可见山居的安排。曾以"诗经落拓墨心归"或"涧泉幽澈鲤鱼眠"来对，皆不如原句。

软红不避东风雨，新绿还攀旧竹篱。

软红如花，新绿如藤，这样构成的山居意境是湿乎乎、绿油油的。整联给人一种视觉的美感，可以见山居的自然心境。在此山居环境里隐居，不亦乐乎！

珠露余观称玉友，云霞谁谓旅行衣？

见细腻与落拓的对比，也是山居生活的写照，可以有愚山的感觉。上联见诗人的内心丰富情感，下联见诗人的外在放旷世界，整联可以当做旅行诗人徐霞客的自注联。流水的意境，流水的心境，流水的画面。

诗书在腹不知味，月色披肩可有年。

上联是躺卧山居形象，可见诗者情趣，诗书在腹，无须刻意学习。下联是坐对山居形象，可见风物融我，月色披肩，可能经年如此。整联表达了一个山居的诗者形象。

前生许是梅花月，今夜相填白雪词。

梅花旧主，明月前生，这是孤山与林和靖的故事，所以可以相填白雪词。有些词境的作用，让人惆怅回味。整副属于时间流水成联，可以细细咀嚼。

春风不作青云使，流水相逢红鲤鱼。

可以为自然契阔，见豁达心态。春风无主，流水有心，是谓当下所在当下所抒。整联格调欢快，气脉流畅，读来让人身心愉悦，这就是转折流水成联的作用。

种竹渐同文字近，养云可以性情真。

种竹只为养毫，养云只为见性，这种古朴的文字心境不可多得，见一分自在的山居状态。无论是苏东坡还是白居易等隐士，都可以有此层境界。

六朝花雨拂衣落，五柳诗书入腹藏。

人生之景，可以如六朝风雨，拂衣而落，此为外在的物境。人生之景，可以如五柳诗书，在腹而藏，此为内在的心境。整联可以看作一个文人的自述。

大胆文章偏爱墨，初心风月好围庐。

文章爱墨，风月围庐，这正是诗人的写照，只不过前面加了大胆和初心，可见性情。可以一读，可以一解，可以微笑。想起了《小窗幽记》里面的意境与此很切合。

生命教育释语 — 山 居 — 66

山水诗中贫且乐，棠花陌上静而芳。

有山水诗经，安于清平乐。有野陌棠花，安于静谧芳。这是一种无为有为的心理状态，可见山居隐士的愚山阶段。作为一个诗人，面对自然无大的情绪波动，可见操持。

绿萼梅开春浅浅，东风旨到雨蒙蒙。

所谓情态，所谓诗意，所谓画法，尽在此联中。如春之初写，给人一种温婉之心，契阔之情，妙合之境。这副作品估计只有梅妻或美人才能写出来。

何以松涛听浩荡，每临石镜照沧桑。

有个我在其中，所以见性见情，从听觉视觉对比，可以为山居老者的画像。"此松高古似山月，其石苍凉若我心。"老道的意境，让人沉稳。

夜雨新疏离世路，秋山冷淡稳精神。

虽然夜雨有些冷，但秋山不为所动，也是体现诗人精神所在。这里体现了山居的境界，远避繁华，淡看世界。作为文学之人，就应该有自己的内心自省与精神境界。所谓红尘滚滚，而不易初心者，正是如此。

三生石畔桃花小，十二峰中月色青。

三生石畔，可有桃花，可有灵狐？十二峰中，自然月色，自然诗人。整联的画面给人无限遐想，时空感很强。此联类似成联的空间流水对，有小与大的对比，这样形成的视觉艺术感更强烈，更易让读者有深刻的印象。

妻女只教良夜永，文章不敢一时新。

山居如此，夫复何求？所以诗词也好，文章也罢，终归是为生活服务。整联仿佛一个温馨的画面，妻儿都在身边，永夜生香，如此美妙，又怎么舍得去花费时间更新文章呢？

情比文贵，左手妻儿，右手诗书，也是有先后顺序的。

酒中一贯有知己，身外未曾试问花。

上联通俗易懂，今朝自有今朝醉，虽然醉，却不沾花，这就显得诗人的胸襟可爱。古人的胸襟就是很天真烂漫，只问酒浆，不问花神。整联表达了高古的情操，自省于内而坚持于外。"酒仙风度，文字精神。"

故纸堆中无岁月，桃花蕊外笑蝴蝶。

上联为内心，下联为外情，可见书生可爱。一是爱学习，二是爱自然，两相融合。上联见文字之道，痴迷其中。下联见生活之道，契阔于外。文学生活搭配起来，才是山居的真正意境所在。

流水十年心已僻，
拾花三径履先红。

上联不为外物所移僻静之心，而是已经到了一个新的自省境界，流水十年又何妨，以静对动。下联是有着爱山居山之感，在修身养性之中不失去一颗诗意之心，拾花三径，旧履先红。通过对比，更刻画了丰满的诗者形象。

诗坐六朝分雨色,花开三径待僧衣。

上联可以为律诗佳句矣,下联可以为成联之佳偶矣。整联仿佛回到六朝烟雨之中,有僧行走在缓缓花开的画面感,形成了高古的意境与味道。

藤萝缠杖东篱外,萤火巡窗永夜旁。

整联如刻画东篱陶渊明的隐居场所环境,有藤萝,有竹杖,有东篱,有萤火,有木窗,有夜色,可谓画面多,主题一致,写闲逸之情。

柴门不掩蝶来访,珠露新凝花对看。

东篱的春恰是如此,柴门不掩,可有蝴蝶翩翩来访,珠露新凝,却是山花对看。描写的事物形象渐渐入细入微,可见作者的感官世界丰富。

莫羡梅花冲雪早，何妨浊酒饮瓯迟。

梅花冲雪，可见情怀放况，浊酒饮瓯，可见诗兴安排。如此整联可谓林和靖的孤山场景描写。也由此联可见古人的山居意境，及时行乐是一种快乐，自然而然也是一种快乐。

山间月小自相契，天下事多不再言。

仿佛山中之月，是知己，是自己，体现山居的内心所在。此联已经达到了山居境界的愚山阶段，可以作为山居格言来读。山中的风物已经与人物相交深切，自然而然。世上的喧嚣已经不再随身随心，可以冷眼相看。

世事称其秋块垒，文章谓我古心徒。

只有做到山居的归一境界，才有此联下幅之意，整联用先抑后扬的方式，表达诗者的内心近古。尤其下联"文章谓我古心徒"特有见解，立意不凡。

可集白云山水册，时经旧雨宋唐诗。

在山水画册之中添加白云元素，在宋唐诗作中添加旧雨知己，以画以诗，来表达诗者对于山居的喜爱。淡雅笔法，可以尽兴，不妨以卧当游，以梦当游。

一杯共那闲云饮，万古独于流水弹。

非常欣赏此联的闲与况。杯酒与云饮，光阴与水弹，都是借物抒怀，可见山居的放况心境，读来可见古人的隐居状态。宁静意境，可以致远。

逃蝉自在是非外，隐姓何妨花树间。

上联逃蝉隐喻自己，比如骆宾王写的咏蝉诗意，下联即是此中隐逸的拓展。名利是非之外，有着清风道士与明月僧人之心。

照水山花虽已老，临溪野鹿自相亲。

仿佛如静态写生画面，有照水山花，有临溪野鹿，可见山居的自然状态。此景此情，想起了诗人元好问的鹿泉山居场景。自然高古，尽是风流，可作为此联的注解。

山水不分诗格调，桃花且著雨衣裳。

"清风明月偶然到，流水高山相坐谈"可以作为上联的意境拓展。桃花一句看出诗人性情，可以契阔山居。整联比较舒展地写出山居的内涵，几度诗情画意。

偏从竹馆藏新月，可让山花待故人。

　　此联可见王维的竹里馆意境，新月可以藏，山花可以待。于是乎，一种文学情趣不经意间自然流露出来。在如此环境下，我可以有一壶酒，一张琴，一首诗，来诠释山居的美好。

覆履梅花皆动雪，偎灯小字不折腰。

可以想象林和靖先生的永夜如何相处，有白雪，有梅花，有青灯，有墨字。有风物的唯美，亦有人物的坚持。尤其喜欢"偎灯小字不折腰"一句，小中见大。

千寻杖下山连水，几度诗中酒复花。

流水意境，自然如此，可见隐者的招游情怀。安排竹杖，安排诗经，山与水，酒复花，一物一陶然，一心一境界。流畅的笔调，诗意的语言，可以浮一大白。

花间古道虫相引，灯上春风雨自呼。

出句似高古之画，可见山居之细腻，对句似性情之人，可见山居之落拓。整联写山居意境，可以听花间的虫声，可以听灯下的春雨，可以沉醉，可以归隐。

可有山花来试墨？直呼松鼠去支窗。

春意盎然，看山花有试笔之意，或许诗或许画，性情所在，赶紧让松鼠诗童去把窗户支开，好让我看花试笔。这就是山居的魅力所在，自然被吸引。

九州在抱观山小，四海成樽论道狂。

一种疏狂，自然而然，写出了万古胸襟。天下九州都在怀中，自然观山有小。四海之水都成樽里酒，自然可以论道成狂。整联气势很大，读来昂扬。

三春燕影随流水，几瓣桃花跌落衣。

写出了光阴的流逝，写出了心境的变化，可以为诗意。属于自然素描，写出了自然而然的心境，也写出了怜惜春去的心态。

芭蕉几叶拼成席，琥珀千杯饮作仙。

芭蕉拼席，可见情趣，琥珀千杯，可见疏狂。此联很适合竹林七贤的聚会场景描写，古人之逸兴，古人之疏狂，古人之胸襟，都在此联中得到注释。仿佛画面人物栩栩如生，可以浮大白。

红袖每分香雨过，小眉低到绿云生。

对女性的心理描写细腻唯美，山妻如此，夫复何求！可以契阔，执子之手，与子偕老。红袖本添香，何况春雨来。小眉自心事，绿云复相知。可见山居生活不仅仅是古代男子的专利，女性亦可以山居自在。

笑我归来长负手，有花开谢不知名。

上联自嘲，仿佛是书生意气，但却落拓。下联自释，虽然不知开谢之花名，却已经入心。此联作为山居的一种清醒认识。"何须气象，自有芬芳。"

青露烹茶尘味淡，红衣沾雨鬓丝香。

描写细腻，可见美人烹茶之场景，幽香高古。颜色"青"与"红"的运用，有点睛之笔。整联意象有如美人山居图，可以想象其清冷出尘，宛如仙子。

青雨崖前生净石,
古松枝上宿长风。

——本辑导语

第 4 辑

横剑啸空

偶向白云学采药，无妨流水自弹琴。

　　一为主动的心态，二为自然的心态，两相对比，可见山居之道。这也许就是古人的向往山居状态，风物为我所用，可以有心，也可以无意。

唯恐山花深睡去，自铺宣纸小描来。

　　流水意境，唯恐山花睡去，可见爱花之心，然后用宣纸小描，可见意境。整联表达一种山居的愚山状态。虽然整联有模仿唐诗的意境，但不妨其可爱。

梦中一念成沧海，花上双蝶是故人。

　　上联见性情，一念成沧海，一念成诗人。下联见实景，花上蝴蝶如旧雨知交。虚实结合，可见山居的性灵。想象虽然平凡，但意境值得品味。

破去愁城天地阔，眠来云舍竹兰香。

不做愁城酒中人，只为云舍爱花诗。于是乎，一种性情与自然的结合，可以一读。整联可见诗者的内心丰富情感，即可大丈夫语气，也可虞美人小词。

欲沉世味于泉底，独抱山峰在酒边。

上联一种透彻的悟，不只是濯泉，还要沉在泉底，这表达一种玲珑剔透、不染世尘的山居生活态度。下联见逸兴，可以一醉，可以山峰为友，对酌于酒。一醒一醉，恰是诗人。

一本诗经黄鸟读，千寻瀑布白云居。

有如此的情趣，才有黄鸟于飞的诗经句子，可见心态鲜活。有如此的环境，才有白云居住的绝妙好处，可见心态高古。诗意的生活，隐居的生活，令人不禁向往，做个快乐的古人。

十里月光凉到榻，一窗花气湿于衣。

月光，花气，形成了美人夜写之图，一凉一湿，可见轻盈。上联未直接写美人内心，却有清凉之意。下联写花气氛围，自有欢喜之情。视觉艺术，嗅觉艺术，触觉艺术，都运用得很好。

流水曾经围绿竹，东风几度判唐诗。

如此的优雅环境，可以读诗矣。动词"围"与"判"的运用，很灵动。曾以春风一响别东篱对之，不如原句效果。流水围竹，东风判诗，很有陶渊明或王维的隐居场景。整联皆以听觉做文章，可以浮一大白。

三四山鸡篱外养，六七竹笋雨中出。

富有山居的生活气息，有山鸡，有竹笋，可以体会那种物我相供的生活。可以想象山鸡在篱外游戏，啄着芳草露珠的可爱样子。可以想象竹笋尖尖小角从泥土中冒出，贪婪吸吮着雨珠的顽皮样子。

坐看山花流水去，
听闻蝶使入窗来。

出句潇洒自如，一种况味而出。原本花落是伤心之景，而在山居诗者眼中却是生命豁达自然之景。所以才有对句的"听闻蝶使入窗来"，这是一种心态的诗意叠加。整联构成自然之境，诗意之境。

生命教育释语 — 山居 — 86

> 一例山花无姓氏，何时蝴蝶化庄周。

山花无姓氏，只是愿埋名，如同隐者的心境一样。蝴蝶化庄周，只是爱精神，如同隐者的精神一样。由外而内表述了真实山居的境界。

> 此是儒生心气在，皆为月色古香来。

可以作为山居儒者的情怀，上联见气度不凡，下联见风物相融。整联意境很适合明清山居散文小记的隐者风度，属于心境流水成联。

> 白雪轻盈皆鹤羽，梅花小碧复山妻。

白雪比为鹤羽，梅花当作山妻，只有孤山林和靖才有此风雅故事。清冷之中有着温馨，这就是好作品带给人的精神享受。轻灵清丽，两者结合，可谓美篇。

双松固有嵇康懒，一梦能无蝴蝶飞。

把松比作嵇康，可见情趣，在喝醉之中，自然亦有梦中蝴蝶飞飞。整联描述了山居隐者的高古情怀。意趣作联，比较吸引读者眼光。

九重山水无人管，三径桃花带露开。

山水无人管，自是况味。三径桃花开，自是情趣。整联以虚实结合，表述山居环境，谓大自由。字面简单，干净无尘，正是山居联所想所思。

背水孤峰寒月影，围庐小酒老诗僧。

见清冷，一寒一老。整联表达秋的山居意境，刻画到位，可以想象流水、孤峰、明月、围庐、小酒、老僧各种秋之元素意境安排叠合在一起的山居效果。

山月到庐如拜客，诗经合榻似眠妻。

所谓山居性情，不外如此，对风物也是持人物之礼仪，可见山居平等。把山月比作访客，把诗经比作妻子，可见诗人之意趣丰富。

蝴蝶相怜芳草露，诗书独有向山心。

可见文人的风雅，一是爱自然，二是爱山居。风物与人物的结合，可见山居的雅兴。前者写景，后者抒情，景情一体，可以愚山。

黄云冷蝶翩翩过，白水新花自自陈。

可以见轻灵清冷之笔法，见山居的秋。有些模仿杜甫诗意句式，却也自然。整联以视觉艺术呈现在读者眼前，可以体会山居的秋色。

雪化林泉终古在，花藏文墨几年游。

有哲理性，还有诗意性，给我们展现的是两种美，一种永恒，一种短暂。如此对比，更显得文人的心性需要不同属性的事物雕琢。

青雨崖前生净石，古松枝上宿长风。

青雨，净石，古松，长风，何谓高古，何谓况味，尽在此联中，可以想象山居的净、山居的幽。整联可以放入古人的诗联中而毫不逊色。似一幅山居古图，让人心生向往。

犹闻峰起游云去，不觉藓浓绕履行。

以动写静，其实峰怎么起、藓怎么绕都是诗者的心境变化，才有如此的表述。由己及物，可见山居的可爱。比拟手法，可以入诗。

秋风阶雨诗三让，永夜灯花酒一扶。

字词的色调会影响联的意境，此联正是很好的例子。秋风阶雨，永夜灯花，原本是清寒的意思，却因为有了"三让""一扶"，使得寂寂之夜顿时温暖起来，"造物于心，体悟及情"。整联我们仿佛看到了一个不喜不嗔无荣无辱的诗人，其内心安然若素。

过庐花影当春落，宿鸟梧桐抱月眠。

写出了春的诗意与画面，可以静静一品清幽。这就是山居的可爱之处，给人一种宁静于心的享受。整联有如画面，上联是动态的，下联是静态的，各有千秋，自然心境。

唯录古诗闲赏夜，不题流水醉归鱼。

一个"录"字，可见高古；一个"醉"字，可见洒脱。整联意境流水，可以一品山居的契阔情怀。整联放入古人的山居七律中，也是妙品。

字临柳骨颜筋内，身在行云流水间。

作为山居书法家，这联描写赠之再贴切不过。行云流水笔法与意境，可以微笑。寻常字面，经妙手剪裁，别有一番意境品味。

乌墨诗中心亦老，东风竿下鲤初肥。

上联老到，下联轻盈，两相对比，也是古人的山居隐居心境变化。一是文学，二是生活，可以互相结合。"东风竿下鲤初肥"一句比较鲜活。

懒看石磴白云几，细数山花红蕊三。

一"懒看"，一"细数"，都是诗者的心境所在，可以体会山居的闲逸与清幽。文笔轻松，格调流畅，意境自然。整联是山中小庐的缩影。

黄鸟千寻红蕊外，青山四坐白云中。

颜色词的运用，恰到好处，可见山居的优美。上联为动态，下联为静态，可见细腻与放况的对比。这副作品属于七言设色法成联。

眉上新来峰自坐，掌中未嘱燕初飞。

　　联语的写法在于其细腻，由己体彼。此联描写的是一位多情的女子，上联写有思愁如峰，可见深婉；下联写有燕子傍旁，一个初飞又释怀了儿女的多愁，可见希望。"勾勒多情，在于体会。"

采葛编来山药篓，流云补去野僧衣。

整联可见山居僧的生活状态，以自然来弥足自己的不足，这是风物人物相融契阔的写实。古人的山居生活尽在十四字中描述详细，可以一读。

昔年诗稿疑风雨，今日山花是我妻。

可以为性情山居者的写照，一是对待文学的态度，如风雨关身。二是对待风物的态度，以山花比喻我妻。冲于口，发于心，才有此等性情之七言佳作。

采蕨拟煮诗经味，流水清谈乐府歌。

上联自有古味，而且是很好的诗经味道，下联亦有清欢，而且是很好的乐府情怀。整联可以赠予古人。读之如沐春风，如饮泉浆。

一花一鸟庐前立，时雨时风砚里磨。

出句轻灵，对句沉着，可见山居的诗者生活。读此联仿佛见到王维或陶渊明的感觉，以山居为精神的寓所。画面如下，一花一鸟如同书童在庐前侍奉，可以听到风雨入庐，成为古砚墨汁。虽然没有写到主人公，但却以风物刻画了人物的性情。

翻书坐对青藤屋，
揽月归来黄酒乡。

此联为山居生活的细节描写，上联为读书，下联为饮酒。动词与颜色词都用得可以，联句工稳，意境老到，可以一品。此联很适合赠送明代画家徐青藤作为山居对联。

墨字无非春酒扣，山花只与古人看。

少了今人的喧嚣，多了古人的雅致。可以一读，可以一品，我心安处是山居。尤其"山花只与古人看"写出了一种山居的况味，令人玩味不已。

避暑山中寻冷药，逃名诗外有清风。

上联出语不凡，给人热中有冷之感，以"冷药"来表达诗者对于避暑的渴望。下联见自然心境，整联就是很好的心境避暑之联。多读这样的联语可以多体会一分山居清凉，正所谓"到清凉境，生欢喜心"。

笔归诗案闲眠稳，僧语山花可放迟。

山居室内，赋诗填词，歌哭啸傲。"蓝蓝一片云窗"，倦时曲肱可眠，闲逸自在我心。山居室外，老僧观山花绽放。"悠悠一抹斜阳"，不疾不徐，"反正有大把时光"。

墨试林泉高古味，花为蝴蝶绮罗衣。

有墨有花，才使得山居生活不枯燥，反而有味道。都见比喻，却是可爱。上联表达是墨与林泉的关系，下联表达是花与蝴蝶的关系，皆可以亲近，自然生香。

墨砚何辞千古事，山花总是一家人。

上联可见墨者的学习态度，可以写千古之文章。下联可见山居的契阔心境，山花也是家人，如此融入山居。整联可谓山居隐者的心情描写。

月照鱼鳞清可数，风吹花蕊馥如初。

难得写景状物，如在眼前，可见山居的优美，心生向往。上联以视觉画面表达，鱼鳞片片，明月洁洁，清新可数，可见浪漫。下联以嗅觉画面表达，有风，有花，有初心，可见旖旎。

一字如峰出砚底，千山落叶在篱间。

有对比才有力度，可见秋之况味。出句比喻，想象力不凡，见立体之感。对句写实，可以有诗意，见平面之感。整联是山居秋暝意境。

庐前七步佳山水，藤上几颗青露珠。

可以为山居的隐居场所，从大到小，从远到近，可见笔力的铺垫。类似纯描的素写画面，恍惚可以听到山水的歌声，可以闻到露珠的味道。

未得一字东风力，所以浮生半日闲。

有种更为彻底的山居状态，就是自由随心，不用强求，正如此联。写诗也好，砚墨也罢，不求一字之力，以自然为佳。在此等心境下，诗者更为放况自由。

涧中照水青青竹，
鱼尾分波落落花。

客观的描写，有清幽之意，如山中幽涧图，可以有青青竹，可以有落落花，还有游鱼。读此联想起了王维写的"夜静春山空"一句。

流水不求诗味古，春风只待夜花开。

以自然为佳，上联不强求，这是文人的作诗心态。下联只期待，这是文人的生活心态。如此对比，方显得风雅纯正。有前人言"文章做到极致，只是恰好"。楹联亦是如此，山居也是如此。

不作诗中惆怅客，只因林下自由花。

上下联合起来为完整的意境，不做惆怅客，只因自由花。由此联意在衬托风物对于人物内心环境的影响。

这是一种递进关系的表述，更表达出诗人对于山居生活的热爱。

文章落拓宁无侣，杯酒淋漓自有仙。

都说诗人多情，此联可赠李太白，可赠唐伯虎，可赠一切真性情之诗人。文章首先是写给自己的，不必迎合，不必求偶，这是为文之道。酒兴必须是淋漓，必须是豪气，必须是磊落，这是处世之道。先抑后扬，要表达的是种落拓心胸，光明正大，所以此联读来有坦坦之气。

但把晴峰收砚里，何妨流水别云间。

上联见墨者情怀，下联见隐者情怀，合起来就是一个字：况。古时常有墨客隐居山林，临摹字帖或画画，所以看待事物别有情调。一典雅，一潇洒，契阔深交山水之间。

山水何年拘我字，桃花一贯笑春风。

上联发问，其实是放况，寓意山水也不能拘束精神自由。下联以风物诗意相对，桃花一贯笑春风，可见幽人之怀。整联不疾不徐之中自有清雅态度。

跋：竹香入酒赋新诗

生命如此令人惊诧！清晨第一缕阳光照耀这个我们生于斯、长于斯亦终将逝于斯的星球，松涛低吟，柳丝婆娑，虫鸣蛙鼓，兔走隼落；带露牡丹娇艳欲滴，含愁丁香惹人垂怜。所有的生命各依其序而又驰突奔竞，万千生灵应节而舞，界、门、纲、目、科、属、种在大化运行中如此和谐。整个世界明晰美丽，流畅丰富，生机勃勃。所有的生命都在呐喊，所有的生命都在歌唱！生命，让人不由去关注和研究，并从中获得和谐的心境和充盈的生命力。

　　在所有的生命中，人的生命是那抹最动人的色彩，是那缕最耀眼的光芒。人是万物之灵长。正是因为有了人生命的观照，才使这个世界更加缤纷多彩，才使同一轮明月照耀下的古人今人对时光流逝、人生短暂发出同样动人心旌的声声喟叹。

　　人的生命价值是这个世界上至高无上的价值。人的生命价值是价值问题的核心，是对人生命的深度追问和终极关怀。在一些文化语境里，只有人具有"神"性、"佛"性；而"上帝死了"之后，人更理所当然地成了这个世界的真正主人。

　　我有时试着想象自己摆脱自身，负手立于太空的某一角落，俯瞰这个蓝色星球的芸芸众生，欣赏那冷色的、意味深长的运动着的美，观察那生和死川流不息的合而分、分而合，遥看生命的嬗变升腾、变迁不居，指点那关乎生命的激动人心的价值求索激荡起的绚丽浪花。

　　人的生命价值应然如何？也许没有人能给出确切的答案，

我们都正走在"朝圣"的路上。这正是人生中最动人的地方。我深信：一切科学、哲学、信仰的东西，都由同一个共同的源泉哺育——对于未知事物的憧憬和心灵聆听的返回。我并不相信迷信意义上的灵魂不朽和具象化的万能上帝，也无法准确说出人的生命价值到底是什么，但我相信人生命价值的不朽和精神生命的永恒。于是，对于横倒斜歪在通向生命价值求索之途上的障碍物，我试图通过科学真理和生活经验的总括来清理；而对于远在前方的生命价值之鹄的，我试图通过哲学的沉思、审美的愉悦、灵性的震颤、信仰的笃定来触摸，试图以此走向一个明晰而和谐的思想世界。

在我们之前，一代代哲人接踵而来，送给我们思想的种子，我也努力摸索着去打开一扇又一扇通向生命价值的追寻之门，踏上幽暗魅惑、曲折连环的林间小径。我高擎生命中全部真善美圣凝聚而成的"阿拉丁神灯"，勇敢地做世人寻找生命幸福的向导。

作为一位起步较晚的生命教育学者（学者在此指的是"学习者"），我近年来从生存哲学、教育哲学、课堂教学、诗学等不同维度先后切入生命教育研究，叩问生命的价值和意义，溯源教育真蕴，寻求实践路径。在研究过程中，我感觉有些内容适合写成岩崖耸峙的高台讲章，于是我撰写《生命价值论》《审美生存论》《生命教育学》《生命课堂论》《生命教育诗学》等数十部著作；有些内容适合写成规范严整的学理短章，于是我在

《教育研究》《课程·教材·教法》《中国教育学刊》等期刊上发表了数十篇论文。但还有些内容似乎更像是生命教育研究过程中的吉光片羽，是"林间路"上散落的珍珠，是掩卷远望时的灵感造访。我习惯于把这些想法也写下来，有时写在一片纸上，有时写在胳膊、腿上，有时狠狠地在脑子里"过几遍电影"，一如李贺之故事，之后尽可能及时敲进电脑。这样的文字，我称之为"生命诗语"，并分别形成"生命诗语2005年卷""生命诗语2006年卷"，直至"生命诗语2019年卷"。2005年我开始使用个人电脑，近年更是笔记本电脑不离身，这些"诗语"因此得以记录下来，积年竟逾百万字；而2005年以前的"诗语"，数量还真是不少，但已全部散失。

生命诗语的发表和出版，原来一直没有提上日程。2018年7月我打篮球受伤，养伤时根据生命诗语整理三部诗集，随后在教育科学出版社出版，分别是《有所思》《白衣醉》《马蹄错》，合起来组成《生命教育诗语》系列。中国教育学会名誉会长、北京师范大学资深教授顾明远先生和中国陶行知研究会会长、北京师范大学教授朱小蔓院士奖掖后学，视诗语为生命教育研究的重要成果，饱含深情地为我的系列诗语写下了两篇序文及推介语。顾先生是我的亲导师，朱先生是我的虽无导师之名但有导师之实的老师。河南大学年终绩效考核时，也视《生命教育诗语》为重要学术成果。我深为感动，深受鼓舞。检点积年所作，发现已出版的这三卷只是积年诗语之十一。2019年早春

我再次打篮球受伤，这次是跟腱断裂，伤情较重，那学期的课被迫请同学们退选了，病床临窗，正可从长计议撰文著书。于是，我闭门谢客（我未"双肩挑"，本来就门前冷落，所以谢客并无难度），集中整理生命诗语四组共十二卷，为了与已出版的《生命教育诗语》稍相区别，我将新书命名为《生命教育私语》《生命教育丝语》《生命教育释语》《生命教育思语》。这十二卷全都是以诗文的形式表达生命教育的学术致思。卷目为：

1. 生命教育诗语　卷一　有所思（小诗集）
2. 生命教育诗语　卷二　白衣醉（小诗集）
3. 生命教育诗语　卷三　马蹄错（歌词集）
4. 生命教育丝语　卷一　聆听（散文诗集）
5. 生命教育丝语　卷二　对话（散文诗集）
6. 生命教育丝语　卷三　同行（散文诗集）
7. 生命教育思语　卷一　门卫三问宜深思（哲学卷）
8. 生命教育思语　卷二　大象无形课堂里（教育卷）
9. 生命教育思语　卷三　书生报国一支笔（生活卷）
10. 生命教育释语　卷一　山居
11. 生命教育释语　卷二　田园
12. 生命教育释语　卷三　江南
13. 生命教育私语　卷一　吉光片羽圆旧梦（小诗集）
14. 生命教育私语　卷二　林间自是少人行（学术随笔集）
15. 生命教育私语　卷三　多少楼台烟雨中（生活随笔集）

我平日的工作和爱好没有严格的界线，工作即爱好，爱好即工作。我北京师范大学博士后导师顾明远先生说，教育的本质是生命教育；我华中师范大学博士后导师及高访合作导师周洪宇先生说，生活·实践教育是教育的真蕴。据学生浅见，无论是顾先生团队起草并纳入《国家中长期教育改革和发展规划纲要（2010—2020年）》的"生命教育"，还是周先生沿夸美纽斯、斯宾塞、卢梭、杜威、陶行知一路走来提出的"生活·实践教育学"，还是华东师范大学叶澜先生及其高足李政涛等提出的"生命·实践教育"，以及当时还在南京师范大学的朱小蔓先生提出的"生命—情感教育"，均直指人的"life"。"北顾、中周、东叶、南朱"，还有朱永新、刘济良、冯建军、刘铁芳、王鉴、刘慧、张文质、肖川诸君子的相关研究，异曲同工，殊途同归，各臻其美、美美相应。这构成中国教育跃升的强大动力。而我理解广义的"life education"其实也包括诗意栖居——我平时受邀讲学最常被点将的题目正是"诗意栖居于教育生活"。个人浅见，诗意栖居应成为生命教育的寻常生活贯彻，生命诗语应成为生命教育的重要表达方式，登临送目、诗书吟啸、酱醋琴棋、饮啄笑傲，无一事不关联生命教育，无一处不寄寓生命情怀。

无论"诗语""思语""丝语"还是"释语""私语"，都是从我每天写作的"生命诗语"中辑录出来的，都是我对生命教育的真情实感之表达。其中《生命教育诗语》三卷之《有所思》

《白衣醉》《马蹄错》书名由导师顾先生亲自题写。先生书风入于颜平原之浑厚博大、字势开阔，出乎唐六如之妍美流畅、气韵天成。铁画银钩，人书俱老，瞻之令人肃然起敬。另外十二卷一并付梓，新体诗文各卷由书法家冯明威老师题写，格律诗词各卷由书法家韩云老师题写。冯老师行书平和雍容、冲虚散淡，韩老师隶书古朴凝重、清雅俊逸，二君子书法均落笔有致、灵动"严"绎、妙笔生"华"，令人好生喜欢。

　　我学习格律诗词有年，习作近万首（阕），虑及格与律诸般要求，故少有格律诗词发表、出版。自2009年至今，指导我格律诗词学习和创作的老师有三位：第一位是台北的吕慧薇，网名婵娟；第二位是福建的罗增富，网名三少爷的微笑；第三位是上海的王轶君，网名雅典娜。在《生命教育诗语》跋中，我误将吕老师的名字写成了李慧薇，在此纠正并向吕老师致歉。吕老师的台式"国语"燕语莺声，动听而难辨，我竟未听出吕、李之别。三位老师都比我年龄小很多，但在格律诗词及楹联方面皆是奇才，堪为吾师。"吾师道也，夫庸知其年之先后生于吾乎？"三位老师本来只教我格律诗词和楹联创作，但这次除对我创作的格律诗词联推敲斟酌之外，还对我以白话表达的诗语倾情倾力予以雅正，常常焚膏继晷，以至于衣带渐宽。

　　十五卷诗语插图数百幅。这些插图有的来自我求学和奉职的单位——信阳师范学院（学士）、河南大学（硕士、博士后及奉职）、北京交通大学（博士）、北京师范大学（博士及博士后

研究）、华中师范大学（博士后及高访）、洛阳师范学院（河洛学者特聘教授）；有的来自文朋诗侣旅友所赐摄影作品，其中，北京汉服公司"如梦霓裳"（创始人为我的词友月怀玉）和郑州"最美瑜伽庄园"（创始人为我的瑜伽师父韩雨欣）提供了很多精美的图片；还有一些图片是我家的积年照片。

更应感谢此刻阅读本书的您。我研究生命教育，深知对于一名学者而言，读者就是他的上帝，对读者我从心眼里尊崇和感恩。一桌饭菜好不好吃，美食家的评判固然也重要，但更重要的还是食客的意见。对于"上帝"怎可轻忽？生命诗语撰稿之时，指尖流水，文思泉涌，在思想的王国里淋漓醉墨、纵横恣肆；整理成书之际，却是战战兢兢地反复推敲，大改者九，小改者百，只恐谬种流传，贻笑大方。初始临窗整理诗卷之时，飞雪弥空、琼瑶满地，此日徘徊小径，竟已榴红照眼、枇杷果熟，时光匆匆，太匆匆！

书稿既成，振袂长啸。是时斋外有庭，庭中有竹，竹边石几一条，几上清酒一觥，竹香入酒，诗意氤氲。灵犀相通的朋友啊，不知您此刻身在何方？您若与我同代，请莅临寒斋把酒言欢，可好？您若千百年后才在故纸堆中偶遇此卷，则我已成古人。穿过岁月风烟，字里行间还觉心跳滚烫吗？石上酒杯仍留竹香如许吗？

2019年6月1日

王定功"生命诗语"系列

生命教育诗语
◎ 有所思
◎ 白衣醉
◎ 马蹄错

生命教育丝语
◎ 聆听
◎ 对话
◎ 同行

生命教育思语
◎ 门卫三问宜深思
◎ 大象无形课堂里
◎ 书生报国一支笔

生命教育释语
◎ 山居
◎ 田园
◎ 江南

生命教育私语
◎ 吉光片羽圆旧梦
◎ 林间自是少人行
◎ 多少楼台烟雨中

教育的本质是生命教育

丙申初冬　　顾明远书

国家社科基金（教育学）一般项目
"生命教育学学科建构研究"（BAA140017）

生命教育释语

田园

王定功——著

科学出版社

北　京

图书在版编目（CIP）数据

生命教育释语. 田园 / 王定功著. —北京：科学出版社，2021.3
ISBN 978-7-03-063788-8

Ⅰ.①生… Ⅱ.①王… Ⅲ.①诗集-中国-当代 Ⅳ.①I227

中国版本图书馆CIP数据核字（2019）第288631号

责任编辑：付 艳 / 责任校对：王晓茜
责任印制：李 彤 / 封面设计：铭轩堂

科学出版社 出版
北京东黄城根北街16号
邮政编码：100717
http://www.sciencep.com

北京虎彩文化传播有限公司 印刷
科学出版社发行 各地新华书店经销

*

2021年3月第 一 版 开本：720×1000 B5
2021年3月第一次印刷 印张：8 1/2
字数：110 000

定价：198.00元（全三册）
（如有印装质量问题，我社负责调换）

序一：人生如诗

我不是诗人，也很少写诗文，但觉得人生如诗，人总是生活在诗境中。诗是人的心声，是时代的心声，更是民族的心声。可以说，一个民族没有自己的诗歌，这个民族就不复存在。我们每一个人都离不开民族的情怀、时代的气氛，都会有个人的悲欢离合。一般人只能用表情、语言、行为来表达。诗人能够把这些情怀、气氛、悲欢离合用诗歌的形式表达出来。

教育其实也是一首诗。教育的本质就是提高人的生命质量和生命价值。提高生命质量是使人的生命更精彩；提高生命价值是使人能为所有生命做贡献。"为天地立心，为生民立命，为往圣继绝学，为万世开太平"，就是生命的价值。教育就是生命发展成长的诗。

王定功提倡生命教育，不仅著有理论著作、实验教材，还用诗语来抒发他对生命教育的情怀。实在难能可贵。我不懂诗，应他要求，我为这三册书写几句话，是为序。

顾明远

北京师范大学英东楼

（顾明远，中国教育学会名誉会长、国家教育咨询委员会委员、北京师范大学资深教授）

序二：生命教育的诗意言说

广义的生命教育的源头，可以追溯到孔子和苏格拉底的时代，千载绵延，代代损益，薪尽火传，生生不息。孔门弦歌施教，"浴于沂，风乎舞雩，咏而归"描绘的不正是生命教育的唯美情景吗？苏格拉底一袭敝袍赤脚站在雅典街头用"助产术"指导雅典青年，柏拉图降尊纡贵追随寒门老师，亚里士多德与逍遥学派师生漫步苹果园纵论天下大事，不也正是生命在场的教育故事吗？一定意义上说，一部中西方教育史不过是生命教育与非生命教育在不同时空的对垒、演变与抗衡。在我们看来，不断健全完善的生命教育才是真正的教育。

现代意义上的生命教育大致始于20世纪初，美国哲学家、教育家杜威教授提出了系统的实用主义理论，其中"从做中学"的系列观点就包含着杜威的"生命整体存在论"、"经验方法"及"探求逻辑"等诸多关乎教育当事人生命发展的观点。陶行知先生是中国现代意义上的生命教育研究和实践的首倡者。20世纪初，陶先生师从杜威教授，1917年学成归国，在国内首倡"life education"，直到1946年辞世，他将全部精力投入其中。但出于种种考虑，先生当时并未将其翻译成"生命教育"，而是翻译成"生活教育"，他的思想也被后来的研究者们概括为"生活教育理论"。其实，无论"生命"还是"生活"，在英文语境里大致都表述为"life"，在汉语中"生活"也无异于"生命"的展开过程，从来也没有外在于"生活"的"生命"。深味陶先生生活教育理论，其间所包含的生存教育、健康教育、养生教

育、社会责任教育、完满人格教育、终生教育等思想，无不折射着生命教育的理论光辉。杜威教授提出"学校即社会"，试图吸收社会的所有方面并将其融入一所小小的学校；陶先生提出"社会即学校"，寻求的是将学校的所有方面延伸到大千世界。杜威教授提出"教育即生活"，主张"做中学"；陶先生提出"生活即教育"，主张"教学做合一"。陶先生提倡教师"千教万教教人学真"，提倡学生"千学万学学做真人"，直接触摸到师生生命发展的脉搏。在《从烧煤炉谈到教育》一文中，陶先生满怀深情地写道："教育的使命是什么？不是放茅草火！不是灭茅草火！是要依着烧煤的过程点着生命之火焰，放出生命之光明。中国教育的使命，是要依着烧煤的过程点着中华民族之火焰，放出中华民族生命之光明。"

20世纪末21世纪初，生命教育在我国渐渐热了起来。生命教育本应有许多切入维度，也可有不同称谓，但其思想主旨相同或相近。国外如此，国内亦如此。我看重并倡导的生命教育突出了情感教育这一方面，1990年起不断强调情绪情感是生命的基本表征，是生命的重要机制以及一个人生命素质的"内质性"保障。我以此为学术基础和教育理念，分别在供职南京师范大学、原中央教育科学研究所以及担任中国陶行知研究会会长期间，以很大的热情推动生命教育的研究、实验与普及（包括宽泛和专指意义的）。我的第一位博士生刘次林1997年撰写"幸福教育论"，我的另一名博士生刘慧2000年撰写"生命德育

论"，后来不断有博士生的论文选题都与"情感—生命"的基本概念、命题相关。与此同时，叶澜先生提出"让课堂充满生命的活力"，创立了"生命·实践"教育学派，与她团队的李政涛、李家成、卜玉华等学者把生命教育研究与中小学教学实践做了很好的对接。朱永新先生提出"新教育"，主张"聆听窗外的声音"，推动构建书香校园。周洪宇先生发起"阳光教育"实验，生活·实践教育学派与生活·实践教育学学科呼之欲出。刘济良试图构建"生命教育论"的理论体系，刘志军、王北生、李桂荣的研究指向生命教育的视域扩展和校园关涉。张文质、冯建军、石中英、黄克剑等提出"生命化教育"。王鉴、夏晋祥等提出构建生命课堂的思想。刘铁芳、肖川、郑晓江、欧阳康、何仁富、汪丽华、赵丹妮、袁卫星以及港台地区的孙效智、纪洁芳、钮则诚、林绮云、吴庶深、张淑美、郑汉文、汤锦波、何荣汉等学者也从不同维度对生命教育进行了深刻的研究，提出了一系列有价值的思想。

中华大地，藏龙卧虎；十步之内，必有芳草。各地学者和一线教师对生命教育的研究和实验风起云涌，怒涛排壑；千帆竞发，百舸争流。这一切必将载入中国生命教育的发展史册。顾明远先生提出"教育的本质是生命教育"。教育的变革和发展永无止境，对生命教育的探索和践履也永不停歇。

生命教育的研究和表述可以有也应该有多种维度。王定功博士试图从诗学的角度切入生命教育，以诗歌的语言对生命教育进行表达，这是一件十分值得鼓励的事情。

王定功博士是我国生命教育研究团队中的一名重要学者。他是著名教育家顾明远先生指导的博士后，我愿意视他为同侪和知音。在首都师范大学儿童道德与生命教育研究中心成立大会上，我与定功博士首次相遇，那天我做了一个关于陶行知生命教育思想的演讲。而首都师大新成立的这个中心，其主任是由我指导的博士生刘慧担任的，当时她已是初等教育学院的副院长、教授、博士生导师。午餐时定功博士与我相邻而坐。那段时间我的健康状况不是很好，定功博士不知怎么就看出来了，他关切地建议我"枫红荻白，云肥风瘦，正是中秋时节，建议先生出去走走，比闷在家里的好"。他穿着虽稍稍寒素，但谦和温文、儒雅脱俗，简直像是从唐宋穿越而来！

我慢慢了解到，王定功博士是一名厚积薄发、大器晚成的学者。他曾做过16年的中小学教师、教育行政官员。2007年，他赴北京师范大学教育学部教育学原理博士课程班学习；2008年，他考入北京交通大学人文学院，师从哲学家路日亮教授攻读博士学位；2011年，他又进入了北京师范大学教育学部博士后流动站，师从著名教育家顾明远先生从事博士后研究。近几年，定功博士十分专注地进行生命教育的研究和教学，先后从不同维度向生命教育"包抄"过去，对生命教育的源与流、理论与实践都"弄弄清楚"（顾明远先生语），为中国内地方兴未艾的生命教育提供助力。

王定功博士于2011年在上海交通大学出版社出版专著《青少年生命教育国际观察》，这部书被《中国教育报》评为"2011年影响中国教师的100本图书"之一；2012年在上海交通大学出版社出版专著《青少年道德教育国际观察》，这部书使作者进入"上海交通大学出版社建社30周年作者墙"；2013年在教育科学出版社出版专著《生命价值论》，这部书被评为河南省2014年教育科学研究优秀成果奖特等奖和2016年第五届全国教育科学研究优秀成果奖三等奖。他独著及担任第一作者的著作、教材已见书34部，包括此次积十数年功力整理推出的《生命教育诗语》《生命教育丝语》《生命教育思语》《生命教育私语》《生命教育释语》共十余部。按这样趋势看，著述等身于定功而言并非夸张。这些著作是一脉相承的，即分别从生存哲学、教育哲学、课堂教学、诗学等不同维度切入生命教育，体现出一名睿智学者的学术自觉。

　　王定功博士在学术上具有多方面的兴趣和成就。最难得的是，在生活中他洁身自好，对真、善、美、圣有着虔诚的信仰和坚定的追求，不啻"浊世佳公子，翩翩一书生"。尤其是他在科研合作中低调从容，"重言勿泄，少任敢专"，"重情重义，生死相许"（台湾同行纪洁芳教授语）。江西师范大学生命教育研究专家郑晓江教授辞世，定功独坐书窗三天不食不语，那段时间他的QQ签名也换成了"愿我的死，换他的生"。而他俩见面不过三次而已！

承蒙不弃，定功将"生命诗语"各个系列均送我审读。由于健康的原因，我时断时续地阅读，读得不多，但越读越喜欢。"生命诗语"以一种生命共同体的视角直面"天地人神四方共舞"的世界，歌咏自然万物，赞美成长着的事物，吟唱人间的美好情感，探问生死哲思理路，展示书生报国情怀，褒扬真善美圣，表达生命教育的学术致思。若用一句话评价"生命诗语"，那就是：天地人心的深情探问，生命教育的诗意言说。

其实，生命教育关乎每一个人，每一个人都在用自己的方式践行生命教育，发出生命诗语。我本人自1986年进入道德情感、情感教育研究之后，便对情感与道德、情感与生命的关系越来越敏感和在意。用情感——生命之"眼"去看教育、观道德教育、做教育研究竟成了我的个人学术偏好。回想自己从40岁起，就有不同的肿瘤疾患不断来袭，饱尝了大手术和化疗之苦。可以说，30年来如何对待生命，如何处理生命与工作的关系，一直是我个人真切的人生课题。生命之脆弱与生命之坚韧这相左相反、交相混合、反反复复的复杂情绪感受总是随着身体状况的起落变化，每每考验着自己最真实而无法逃避的生命态度。我似乎是懂得了生命实在值得珍惜，的确应当珍爱生命！可珍爱生命并不是惧怕死亡，也不一定真能做到不惧怕死亡。自觉的死亡教育在我们这里还是十分缺失的。癌症给人带来的不只是痛苦——尽管那痛苦常如剜心蚀骨，它还会让人零距离地直面生死大限，思考"生从何来，死向何去，我是谁"

的问题，思考如何把握生命每一天，把最值得做的事情做好，尽最大努力提高生命的质量（肉身的与精神的）。因此我特别感谢生命教育和现代医疗，前者给了我对生命的认知和勇气，后者给了我身体有效的疗救和保护。不久前，我又度过一次生命危机，现在出院了，重新走在阳光下，坐在书斋里，享受生活的馈赠。

恰逢此时，看到王定功博士奉献生命教育大作，捧读、吟哦"生命诗语"，是一件令人愉悦的事情。天地春回，鸟儿叩窗，丁香快要开放了吧？我从心底里感恩生命，感恩所有热心生命教育、给无数人们带来生命智慧和力量的人。

斯为序。

朱小蔓

南京师范大学随园

（朱小蔓，中国陶行知研究会会长、俄罗斯教育科学院外籍院士、北京师范大学教授，曾任南京师范大学副校长、原中央教育科学研究所所长兼党委书记）

序三：思君肝胆常如洗

我友竹香居士著"生命诗语"系列著作，其中有《田园》诗语一卷。竹香兄嘱我作序，我欣然从命。

《田园》收录田园诗200首，分为4辑，分别为飞烟幻雨、饮月洗尘、课花劝鸟、流水行云。其中，五言绝句40首，七言绝句120首，五言律诗12首，七言律诗18首，古风10首。书中还配有多幅著名词人月怀玉提供的"如梦霓裳"汉服摄影作品。焚香端坐拜睹样稿，让我不由而生欢喜之心。

田园诗源于晋人陶渊明，以唐人王维、孟浩然以及宋人杨万里为代表。田园诗派代表作有陶渊明《归园田居五首》、王维《渭川田家》、孟浩然《过故人庄》、杨万里《初夏睡起》等等。比如，孟浩然《过故人庄》诗曰："故人具鸡黍，邀我至田家。绿树村边合，青山郭外斜。开轩面场圃，把酒话桑麻。待到重阳日，还来就菊花。"这类诗多用白描手法，以描写自然风光、田园景物以及安逸恬淡的隐居生活见长。诗境隽永优美，风格恬静淡雅，语言清丽洗练。竹香兄之《田园》抒写田园，运笔轻灵，意境自然。醉翁之意不在酒，恰在田园之间也。

子曰："《诗》三百，一言以蔽之。曰：思无邪。"何谓思无邪？窃以为关涉童心、真心、初心、恒心，联接真、善、美、圣。拜读《田园》诗，晤对竹香兄，"思无邪"的意蕴真真切切萦绕周遭。竹香兄年长于我，履痕南北，阅尽沧桑，却仍身正眸清，好似一"挣得学俸奉老母，再添置二亩薄田一头牛"的村学秀才。难怪著名教育家朱小蔓先生视他为同侪和知音，赞他是"浊世佳公子，温润一书生"。

　　竹香兄田园诗，不事雕琢，清水芙蓉，怀素抱朴。有书卷气，却无腐儒气；有自然之韵，却无寒伧气；有名士之风，却无公子气。步韵于陶渊明、谢灵运之后，徜徉于王维、孟浩然、杨万里之间。吟哦之际，清风来去，千顷澄碧。读竹香田园诗，每每会宁心静气，恍然身入田园美境。

　　思君肝胆常如洗。儿时的伙伴呀，而今平安否？可许我倦游归乡，与你徜徉山水田园？共赏溪边桃树结果青青，村落炊烟袅袅无形，老牛哞声沧桑，村童天真烂漫，清露盈盈欲滴，蝴蝶花间炒舞，泥墙斑驳，泥土芬芳。奈何呀奈何，游子的衣裳已泛黄……

　　斯为序。

罗增富

福建连城

（罗增富，著名诗人，文越书院研究员，河南大学生命教育研究中心特聘专家）

目录 MULU

i / 序一：人生如诗（顾明远）

iii / 序二：生命教育的诗意言说（朱小蔓）

xi / 序三：思君肝胆常如洗（罗增富）

1 / 第1辑 飞烟幻雨

19 / 第2辑 饮月洗尘

45 / 第3辑 课花劝鸟

77 / 第4辑 流水行云

107 / 跋：竹香入酒赋新诗

柳眼何人见？
音容尘世侵。
春风吹燕子，
春雨满衣襟。

——本辑导语

第 1 辑

飞烟幻雨

春日偶题 之一

瞒我三千泪，笑开一树花。

不堪离别际，流水向天涯。

春日偶题 之二

楼台明月嘉,有女碧云纱。

十二栏杆倚,桃花几朵斜。

春日偶题 之三

不是离人泪,偏为儿女花。

千千叠小字,一朵向天涯。

春日偶题 之四

呢喃风雨斜,一朵碧桃花。

闻我阿娘唤,炊烟向晚家。

春日偶题　之五

故人多不见，风雨减如何？

几碗尘埃尽，春心一半遮。

春日偶题　之六

青青河畔柳，杳杳燕无歌。

双桨兰舟过，邻家儿女么。

春日偶题　之七

行行止止时，天涯儿女思。

青露盈盈寐，如我此心知。

春日偶题　之八

脉脉苏堤上，青青为雨栽。

一枝折不尽，几个故人来。

春日偶题　之九

春雨新来户，柴扉久待君。

花开才一刹，泥土已清芬。

春日偶题 之十

脉脉老窗房,经年不换裳。

归来春已透,雨色上篱墙。

春日偶题 之十一

蔷薇香已散,蝴蝶翅将飞。

纵遇春深径,落花不覆眉。

春日偶题 之十二

风雨痴何似?桃花笑浅颦。

开窗犹对鸟,合是自由身。

春日偶题　之十三

十载天涯月，三杯故友情。

我心多不语，自识酒痕轻。

春日偶题　之十四

瓦上青苔色，花穿雨线丝。

东风时唤我，共去换春衣。

春日偶题　之十五

四野青青色，柳条又几枝？

诗歌抛不去，最小燕相欺。

春日偶题 之十六

月下花香馥，春闲无介怀。
文章非酷似，酒阵步兵来。

春日偶题 之十七

春风吹晚烛，夜雨浸窗朦。
成我痴人愿，花衣不褪红。

春日偶题 之十八

春风如有讯，流水复东回。
偶绕门前过，桃花背影微。

春日偶题　之十九

流水亭边坐，白荷月下开。

不负生涯酒，时将夜眼抬。

春日偶题　之二十

绕舍亲仁里，微蚕又寄身。

今朝风雨际，青帝缓行春。

春日偶题　之二一

五月临风处，柳丝牵翠微。

晴川飞羽下，碧水湿乌衣。

生命教育释语 田园 10

春日偶题 之二二

莲绽玲珑碧,蜻蜓点水痴。

青波无藻意,且与老为期。

春日偶题 之二三

柳眼何人见?音容尘世侵。

春风吹燕子,春雨满衣襟。

春日偶题 之二四

二十年心事,时沾眼底尘。

唯思青草碧,漾此玉壶春。

秋日吟 之一

烟老村中绕，虫青叶背眠。

不知鸟来去，偶立石磨间。

秋日吟 之二

一碗青花水，涟漪据我心。

婉然蝴蝶照，似是旧衣襟。

秋日吟 之三

十载飞鸿影，一山落叶黄。

故园归不得，秋草看烟荒。

秋日吟 之四

秋气丝丝裂,管毫缓缓抬。

心如飘落叶,傍晚近尘埃。

秋日吟 之五

九月橘初青,未成正果形。

谁人轻执剪,剪去太多情。

秋日吟　之六

自远白云后，炊烟绕石房。

夕阳留不住，与树共衣裳。

秋日吟　之七

不寄鱼鸿信，只通电话长。

深秋灯已谢，明月搂清霜。

秋日吟　之八

未有出门意，自然读月书。

两三萤火附，别是忆当初。

桃花溪　之一

芳辰临且近，春水欲成眉。
人在桃花外，燕儿风雨微。

桃花溪　之二

溪南思远客，柳渐碧衣裳。
唯有桃花信，落泥香草章。

桃花溪　之三

桃花一朵朵，蝴蝶恰飞飞。
溪水成春轴，女儿绿了眉。

桃花溪　之四

花溪春睡浅，灯火梦中浓。
一夜窗前雨，小桃减片红。

桃花溪　之五

相掬桃花水，清香复可闻。
风中一只燕，看眼更觉亲。

桃花溪 之六

桃溪偏爱我，小雨正宜窗。
蝴蝶才初瞥，春风莫要忘。

慈 母

脉脉窗前影，昏昏案上灯。
至今情不禁，梦里落针声。

放 牛 娃

牵牛菊朵边，狗尾草坡眠。
闭眼白云下，任拿心事闲。

花下青虫眠小月，
篱前流水宴春庐。
人间儿女相思夜，
一角偏安正好书。

——本辑导语

第 2 辑

饮月洗尘

自 题

窗前流水一招徕，寄寓人生不用猜。

莫道邻家桃色好，翻书也似墨花开。

春 居

纸上诗行不忍删，春风已绿到眉弯。

石墙爬满蜗牛子，跌落春心复又攀。

雨 中

伞中犹记雨沧桑，燕子声声啼故乡。

小陌新开花一朵，阿姑闻是去年香。

春　村

门前碧水砚中收，泼墨乡村任自由。
若有桃花开我笑，春无绝句也风流。

春　园

篱前溪水涨鱼儿，午后阳光洒柳枝。
偶有双蝶飞影过，一畦绿豆绿抽丝。

田　园

呢喃燕子影飞斜，不扣柴门垂小瓜。
流水缓从心上过，桃花更近野人家。

春　柳

杨柳千丝雨里浓，招徕燕子问春踪。

当时翻遍诗中句，始信相思有意重。

春日　之一

沉于杯底乱于麻，细雨飘零湿袖些。

不与东风争绝句，只从农户问桃花。

春日　之二

自从闭户野人家，闲我光阴不见差。

偶遇多情流水问，春心瓶里冒尖芽。

春日　之三

灯下白头老更难，一身诗债有谁还？
蒙春赠我东风句，留在杯中含笑看。

春日　之四

十里春风陌上行，人间儿女立婷婷。
青蝉不辨柳杨绿，流水还堆烟雨青。

生命教育释语 — 田园 24

插 秧

青针刺水水如天,可绣春心一片先。

有燕归来裁剪后,轻轻披与柳杨衫。

春　诗

飘然隐者适田园，研墨浮生半日闲。

簇簇桃花夹野径，时时燕子唤人间。

田园小记

趁得浮生几日闲，种来半垄绿然然。

一篱烟雨青瓜抱，四壁蜗牛小字添。

荷花　之一

哪朵荷花先盛开？池塘青鲤互相猜。

红蜓不误先前约，只待邻家儿女来。

荷花 之二

荷花雨后更精神，荷叶青青欲举云。

尚有清凉成小字，何妨流水到家门？

春故居

近我竹窗多绿雨，谁家燕子唤春师？

凉风吹入银瓶水，一朵新花小放痴。

田园隐者 之一

野陌春风不自狂，当年杜牧亦寻常。

牧笛吹落桃花雨，只有白衣不胜凉。

田园隐者　之二

忆到前生也是痴,春风不语上人衣。

青丝绾月何须柳,儿女真真在小溪。

田园隐者　之三

自可抛诗窗下寐,何妨梦蝶雨中飞。

经年依旧书生气,一朵香芬抵我眉。

田园隐者　之四

一池流水静微微,几对红蜓飞复飞。

赠予荷花诗姓氏,人间儿女愿低眉。

田园隐者 之五

人生到处转飘蓬,尚有田园一亩供。

试问东风无小恙,方知烟雨已相逢。

乡村 之一

梦中蝴蝶羽衣张,不似新香是旧香。

路转溪桥花雨绿,相逢儿女又吟唐。

乡村 之二

野陌桃花开谢间,蜂媒蝶使各因缘。

春风辗转三千绿,儿女低吟二十年。

乡村　之三

一角青青扩小塘，悠悠洗墨著微凉。

自家荷叶田田碧，为雨撑来油伞香。

乡村　之四

流水当庐自大方，一烟一雨暗思量。

此花有幸看诗得，昨日春风摘落香。

乡村 之五

一寸相思一寸量，人间儿女自流觞。

梨花为月开成雪，可有白衣怀故乡。

无题 之一

一孔石桥近小溪，春风杨柳自依依。

摊书静坐光阴里，答燕答莺十二题。

无题 之二

十里春风吹故乡,人间儿女坐寻常。
流年只是灯中老,开作心花已谢香。

无题 之三

辗转生涯十二题,浮生不抵酒樽时。
有花开到无名谢,一朵灯花也作痴。

无题 之四

枝上青珠疑坠耳,花间红雨复相思。
蜂媒蝶使争先醉,却是蜗牛午睡时。

无题　之五

花下青虫眠小月，篱前流水宴春庐。

人间儿女相思夜，一角偏安正好书。

无题　之六

塘前杨柳复婆娑，窗下女儿镜几何。

一念深深花复雨，浮生落落酒而歌。

无题　之七

横笛牧童归晚时，一村风雨静庐思。

流光不惜诗词貌，只作桃花几朵痴。

无题　之八

怜花身世同诗句，坐酒生涯是草庐。

若有春风来问讯，何妨流水向红鱼。

无题　之九

田园不过等闲身，有酒有诗各自寻。

昔日春风曾过客，于今只是种花人。

无题　之十

四月春风不肯更，谁家儿女问清明。

桃花雨里春愁软，并作柳杨枝上青。

桃 花 庐

隔篱可有小溪听，眉上诗词酒兴乘。

欲以桃花为事业，不知风雨话平生。

清欢 之一

已遁诗词十载空,养愚可在此庐中。
隔溪花雨时窥燕,隔岸青牛嚼晚风。

清欢 之二

人间儿女坐婷婷,溪水红鱼一钓成。
不问东风无限恨,只因杨柳万条青。

清欢 之三

春风十里复相思,不作诗题作酒题。
叶底黄莺藏妙妙,人间儿女吐珠玑。

清欢 之四

芳草斜阳仍故乡，隔溪坐对小山岗。
桃花犹坠青珠小，儿女当时眉上凉。

清欢 之五

浮生一枕醒流年，不是春风不肯迁。
半卷花帘窥小燕，双双扑雨向田园。

清欢 之六

为践当年一诺时，于今儿女坐依依。
初心酒里风和雨，一树桃花一树诗。

清欢 之七

暮晚炊烟看淡时，谁家游子履迟迟。

行囊只有故乡月，还有阿娘青鬓丝。

清欢 之八

十里春风复展眉，溪边杨柳自期期。

诗中小字如蝶醒，一树桃花一树衣。

清欢 之九

梦里依依十二阑，春风不复作清谈。

光阴合是女儿睫，永夜开来蝴蝶兰。

清欢 之十

浮生不问酒诗题,数里春风与履齐。

燕子拾花相待我,我撑纸伞护乌衣。

清欢 之十一

此心安处即为家,坐对山村无可奢。

几树桃花刊燕信,不劳烟雨寄天涯。

清欢 之十二

流光不惜诗词貌,芳草露珠自有期。

年少单车斜柳下,当时燕子剪白衣。

散 仙 记

若酒生涯真可闲，藤萝小绊碧游仙。

不教山水来尘下，一叶芭蕉引月泉。

田园偶记 之一

田园歌酒已经疲，十二花诗几度题。

一剪桃枝青雨泪，春风回首亦离离。

田园偶记 之二

搁来笔墨自清凉，杨柳东风酒故乡。

花羡泥巢春燕子，燕歌雨径几芬芳。

田园偶记　之三

依依杨柳小庐东，尾尾红鱼溪水中。

可看时花须自幸，诗经不负此春风。

田园偶记　之四

银铃一串女儿歌，种种思量不可赊。

答燕春风今已瘦，曾经沧海又如何。

田园偶记　之五

一亩田园著白裳，朝吟流水暮流觞。

樱花落尽诗中雨，可是花溪一捧香。

田园偶记　之六

鸡鸣篱外桃花径，燕掠池中萍藻青。

可有春风来酒畔，向君说起那年卿。

生命教育释语 —田 园

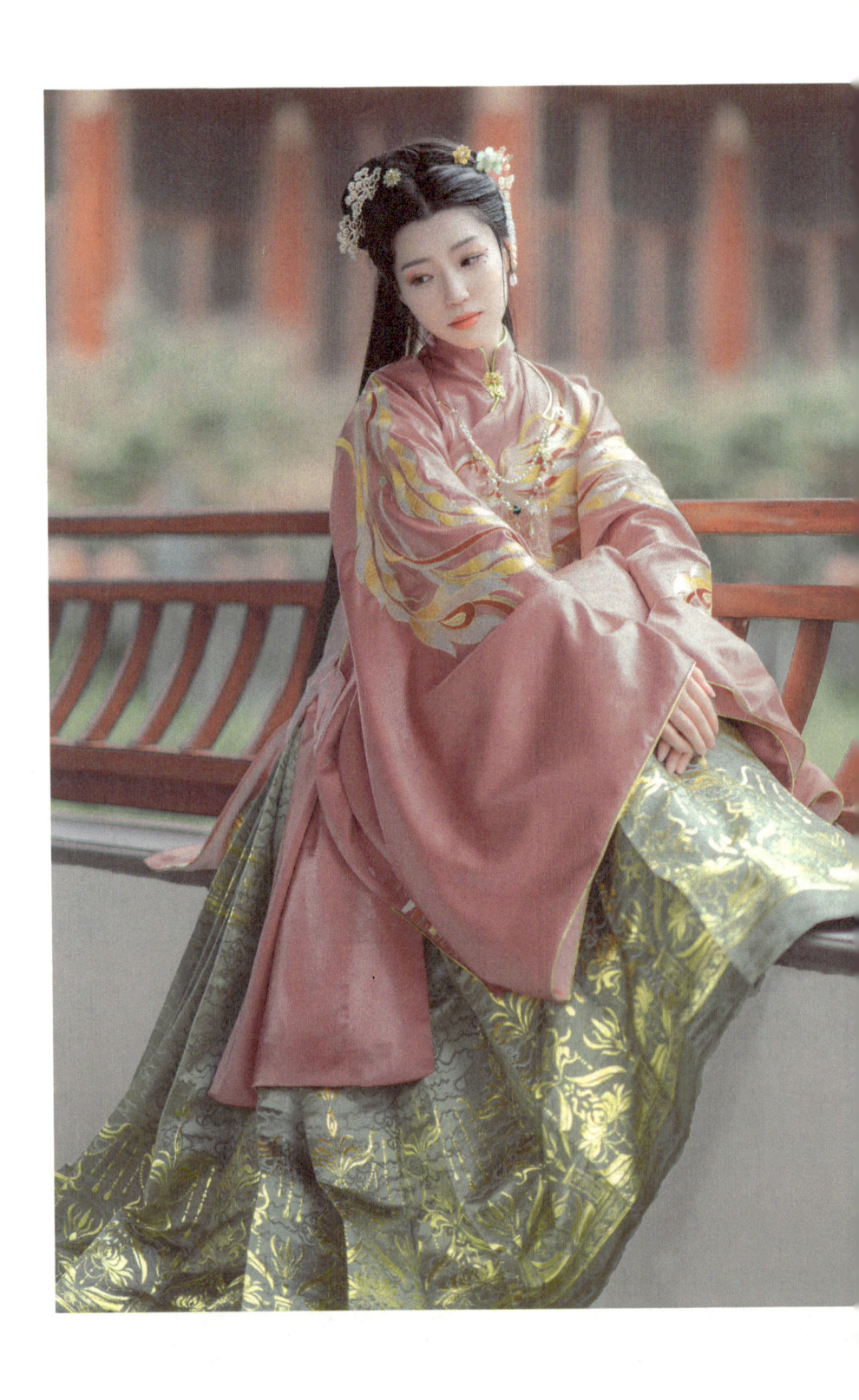

42

田园偶记　之七

篱前不过柳烟村，可以诗经半种云。

自有桃花馀酿酒，晚来风雨晚来君。

田园偶记　之八

一亩田园歌酒融，朝来流水晚来风。

蔷薇不避诗经雨，只对君言何日红。

田园偶记　之九

恍然流水不结缘，十里东风俱可怜。

低到尘埃花色冷，前生不是李谪仙。

东篱烟雨又扑瓜,
小小青虫入梦赊。
柳畔莺声滑入耳,
当年儿女笑如花。

——本辑导语

第 3 辑 课花劝鸟

自适 之一

一重山水一重题，十里东风游子衣。

篱外归来瓜已结，黄花已谢作春泥。

自适 之二

十里春风思绪长,尘埃块垒酒杯藏。
儿女依依和月叙,半是清孤半是凉。

自适 之三

直到春风渐忘名,微微春雨泛青青。
桃花不避女儿谢,自许痴痴不负卿。

自适 之四

九重山水作诗廊,十里烟波作月妆。
记得春风经乐府,来闻岸柳几分香。

自适 之五

春花开了亦期期，春燕归来自早啼。

春水行船经柳畔，春风笑我读书痴。

自适 之六

可在杯中或梦中，人生不过此从容。

一村烟雨行囊满，朝去暮归几度空。

自适 之七

烟雨不分十里凉，藤萝一架上红墙。

有花开到邻家院，道是清香入酒尝。

自适　之八

十年梦里拟归期，可爱烟村可爱诗。

偶记离家八百里，青青杨柳自依依。

自适　之九

燕子归来风雨程，浮生不过旧时名。

从山到水衣宽带，复水如山杯盏轻。

自适　之十

游子经年返客车，山山水水等闲夸。

何人篱外呼黄犬，此处为家此处花。

况味　之一

记得依稀村口间,归来燕子试清欢。

小溪坐我儿时月,流水飘零轻纸船。

况味　之二

羁旅十年梦已非,浮生滋味况微微。

青牛嚼雨桃花畔,可有春风乘兴归。

况味　之三

芳草露珠今已凉,青衫独立小斜阳。

只从儿女眉间记,一朵桃花绿鬓妆。

况味 之四

若是浮生老大难,荷花雨尽小清寒。

青衫独立孤村口,只剩白云荡过山。

况味 之五

十载沧桑融酒味,一村烟雨尽游离。

如今儿女膝前坐,可以寻常杯盏提。

况味 之六

柳村烟雨谓浮生,一叶一丝也是情。

自在书中眠我蝶,何妨梦里过沧溟。

况味 之七

三径春风不寄先，只因儿女在心间。

篱笆小月无人管，蝴蝶舞衣玉玉闲。

况味 之八

浮生滋味况人间，好在西篱结酒缘。

儿女花前读小月，藤萝径外绊游仙。

况味 之九

灯火弯弯儿女眉，何妨杯酒话微微。

初心只与桃花看，可解六朝风雨衣。

况味 之十

篱前几只小黄鸡，自有春风照顾时。

几树桃花临水照，一村烟雨趁沾衣。

归来 之一

一角青山近我庐，一村燕子话姑苏。

一溪烟雨归兰桨，几朵荷花遮鲤鱼。

归来 之二

一村烟雨老从前，流水石桥听恍然。

不与桃花期小酒，相逢燕子话人间。

归来 之三

烟雨九重成画图，三生花蕊自如如。

爱闻燕子清平调，小坐篱笆饮露珠。

归来 之四

不是浮生不肯言,只因烟雨已从前。

篱园几树桃花老,也欠春风一份缘。

归来 之五

诗成山水堂前客,燕作春风座上宾。

可有桃花匀几朵,清芬一半付了春。

归来　之六

小坐山坡小坐林，云庐半亩养孤心。

一窗风雨巡心事，只道流年灯火深。

归来 之七

前生可是子菩提，诸若一般梦里期。

何以浮名成小痛，桃花开谢不随诗。

归来 之八

一庐诗酒与眉齐，儿女清欢饮此时。

坐看桃花流水去，不知烟雨已离离。

归来 之九

诗酒相逢人面老，归来儿女亦无题。

一村燕子栖居月，几朵桃花剪裁衣。

田园杂记　之一

青青杨柳若从前，燕子飞飞话酒间。

十指清烟燃旧梦，一窗风雨痛流年。

田园杂记　之二

雨里烟村梦里苏，青溪傍有隐仙庐。

三生石畔桃花小，只是女儿已幻狐。

田园杂记　之三

十年辗转念卿卿，坐对东溪杨柳青。

自有尘埃屈酒觯，何妨风雨话平生。

田园杂记　之四

四围山水亦千寻，飘落篱前一朵云。

不向桃花说故事，只因儿女未成亲。

田园杂记　之五

离离诗酒止生涯，一念烟村何处家。

此后各为流水客，何妨梦里未开花。

田园杂记　之六

万树桃花俱可怜，红尘未肯解前缘。

人间儿女读灯下，永夜思量翻一篇。

田园杂记　之七

十里春风归故乡，十年烟雨尽清凉。

桃花跌落青牛背，一个儿童嚼瓣香。

田园杂记　之八

儿女红妆看杏花，一篱烟雨扑新瓜。

十年容我转身读，半是春风半是家。

田园杂记　之九

风雨十年已自疲，相怜乐府拟归期。

诗书只是峰峦叠，灯火何妨儿女偎。

田园杂记 之十

坐看烟村数里挨,青珠垂坠小窗台。

不教儿女诗中累,一朵桃花笑靥开。

招游 之一

山山水水况诗怀,雨雨烟烟燕子裁。

纵使相逢人面老,无妨杯酒洗尘埃。

招游 之二

一乡桃雨一乡燕,不作诗人不作仙。

只有春风和小酒,解来块垒在心间。

招游 之三

阡陌青牛烟雨飞，春风一管玉箫随。

读书声响桃花畔，好待谁家燕子归。

招游 之四

东风辗转三千里，羁旅徘徊十二年。

一夜春灯容我梦，几时儿女笑如仙。

招游　之五

青山块垒筑书房，酒饮浮名三味凉。

无碍流光从指滑，瓶梅一朵小清香。

招游　之六

东篱烟雨又扑瓜，小小青虫入梦赊。

柳畔莺声滑入耳，当年儿女笑如花。

招游　之七

十年梦里亦相欺，流水烟村燕子迷。

花笺小字灯频烫，熨好相思叠作衣。

招游　之八

重帘烟雨不禁吟，只好安排屐履深。
匀我春风分酒蚁，看花开谢自由心。

招游　之九

风雨十年今已疲，千言万语不成诗。
转身即是归家路，一朵桃花待我时。

招游　之十

风雨无嗟萼绿华，四围山水老生涯。
一庐得辟白云亩，可种东篱碧玉瓜。

天真 之一

莫道烟村不是家，归来燕子子无邪。

春风春雨双肩畔，可种篱笆儿女花。

天真 之二

一溪流水任盈盈，几度东风垂柳青。

儿女当时轻叠纸，如初心事共红蜓。

天真 之三

东风流水度清寒，直绕云庐与酒间。

记得灯花燃永夜，千寻燕子梦呢喃。

第 3 辑　课花劝鸟

67

天真　之四

微雨遥遥止夜前，围庐儿女话人间。

眉心自有量诗尺，不在五言在七言。

天真 之五

我有一壶天地酒,千寻山水小团圆。
归来烟雨如相契,只绿清溪杨柳间。

天真 之六

庐前鸡仔啄花泥,只待燕儿衔去时。
一阵东风忽又雨,约期已负此西篱。

天真 之七

微雨微风迟到时,人间永夜与何期。
芳心尚有千千结,开作灯花一朵痴。

天真 之八

尚有桃花怜此身,朝来碧雨晚归云。

春风自省书生味,不在诗城在酒村。

天真 之九

一种风流共酒消,谁家儿女立溪桥。

青苔浅浅桃花树,燕子啼啼归晚巢。

天真 之十

一角青山近野村,一池碧水养流云。

惜无小字怜花事,夜半春深梦里人。

浮生 之一

只道东篱几首诗，当中酒蚁醉白衣。

瓜花半吐青牛嗅，不料蜗牛亦醒时。

浮生 之二

如诗如梦亦如春,不可追思在酒樽。
一阵东风还复雨,吹来儿女白荷裙。

浮生 之三

小池清水影红鱼,朝咬荷花香气馀。
风雨偶掀荷叶盖,幽幽玉案笔轻书。

浮生 之四

前生可是酒诗徒,一醉荷花一醉鱼。
莫道凉风无可记,依然流水向孤庐。

浮生 之五

新巢垒就居雏燕,老树花开垂玉珠。

风雨等闲从此过,难得一两是糊涂。

浮生 之六

游子归来芹菜园,可吟诗句亦生闲。

家山自此炊烟见,流水依然十二年。

浮生 之七

十二年前溪水平,人间风雨小经营。

行来芳草无她信,只有露珠垂碧青。

浮生　之八

一村烟雨一村闲，只为春风几度怜。

杯酒温温温永夜，灯花落落落人间。

浮生 之九

儿女归来坐晚亭,一村烟雨小青青。

三千文字不得意,十万桃花自有情。

浮生 之十

一村烟雨梦无邪,八百春风入此家。

忘却浮名身外事,开来儿女自由花。

浮生　之十一

人间诗酒谓生涯，几度春风向此斜。

近我窗台开小朵，飞来燕子忘还家。

浮生　之十二

梦中儿女费思量，四壁诗书尽可藏。

过槛春风不觉晚，怜花小字亦生香。

浮生　之十三

诗经小筑美年华，墨字三千不用赊。

我是人间惆怅客，归来风雨共扶花。

消来秋色暮,木屐履深苔。
叹罢松根老,愁浮泉水来。
家山不可望,故土一杯怀。
浅浅香云白,菊英对酒开。

——本辑导语

第 4 辑

流水行云

春　约

花开不记年，相与字香填。

眼影双描瘦，眉心一点圆。

问君何所向，约我在溪边。

把盏春风笑，倾情流水缘。

村　居

园中苔绿绿，瓜上蝶飞飞。

雨过枝头翠，风回眼角微。

菜农时俯首，垄土偶沾衣。

左右篱何怠，殷殷春日围。

单　车　行

马路朝阳里，单车坐着谁？

抱怀孩子睡，手触丈夫微。

槐树香吹落，晨风不用催。

上班如此赶，两个小轮飞。

思 父 母

远水明山近，清风细雨挨。

花中泥土味，是我旧时怀。

所忆窗前落，相思笔下埋。

不堪手掌触，父母体非佳。

新 芽

窗前盆里卉，莞尔冒尖芽。

不记何时籽，随心落土些。

一芽新两瓣，孤绿美年华。

纵有春风引，依然爱我家。

秋　思

消来秋色暮，木屐履深苔。

叹罢松根老，愁浮泉水来。

家山不可望，故土一抔怀。

浅浅香云白，菊英对酒开。

乡村 之一

往事休回首,黄莺暖欲飞。

东风常寂寞,花朵却轻肥。

长者关怀久,同年见面稀。

鱼池连碧草,稚子试春衣。

乡村 之二

此是沧桑客,家乡老大回。

路燃寒食火,杯酒洒然灰。

晴明添雨色,落拓动春雷。

无名花一朵,唤醒鹧鸪飞。

乡村　之三

远山螺髻卧，轻著淡烟妆。

十里小溪水，几家青瓦房。

遥望黄土醉，近对稻花香。

我羡尘嚣外，桃源此故乡。

乡村　之四

初花东陌上，静院竹竿长。

两见经年面，每逢万里肠。

逢时宜饮酒，如梦令归乡。

窗户流莺过，报与柳儿黄。

心　语

天涯无所寄，坐向水云天。

乡语难相遇，情愁犹在肩。

欲赊青圃地，亲种小桃仙。

波动鸥声起，凭君寄一言。

雨夜思乡

遥遥行客路，寂寂落花天。

欲借清风梦，偏逢细雨烟。

灯窗斜碧影，春色入愁笺。

一字三千里，枝头乡月圆。

游子思

鬓发人人老自为，夜深怕作杜秋诗。

高堂遥忆在家日，南浦每思年少时。

偶见芙蓉传玉佩，空令杨柳驻游丝。

窗前忍剪灯花小，月下家书署姓迟。

回乡偶书 之一

家山树色渐分明，屐过桥头水影清。
万里风尘心已憩，两三竹叶绿犹生。
阿爹笑朗推杯醉，此夜灯红照面诚。
屋外虫声新换谱，携侬夏看月牙萌。

回乡偶书 之二

白云一朵未过门，万里谁携卿到村？
草色青青翻碧卷，鱼池晃晃映黄昏。
凉风伏夏槐窗笑，稚子分糖别样吞。
纱影新怜裙角处，盈盈握手掌余温。

无　　题

几朵春花影正飞，蝶儿忽入此重围。

他年曾别梦中见，今日相依陌上归。

与子同襟沾酒渍，共篱无语掩柴扉。

缠绵还寄窗前柳，不信春风吹不回。

乡村落花诗　之一

流年脉脉未题春，千笔难消梦里贫。

溪水桥头烟外色，篱墙树上杏中仁。

清瞳日渐浑如酒，空镜时常枉费神。

我辈而今何处醉，能携明月作归人？

乡村落花诗　之二

乡间小路绿油油，欲唤青牛不转头。

春草易生珠露坠，年华已逝水波流。

风吹四野人如燕，月照千窗梦似钩。

今我披衣依井坐，忽而欢喜又忽愁。

乡村落花诗　之三

未到春宵月半规，分明人瘦北窗时。

家书一寄心儿远，父母多违孝道迟。

杨柳痴痴朝北望，酒杯静静自空垂。

春风若是多怜我，请报平安与与谁。

乡村落花诗　之四

深蓝夜色亦如惔，隐寓乡村酒梦添。

年少当时归稻野，心欢何处透珠帘。

沧桑不改眉纹静，浪漫空留照片恬。

微笑窗前风渐老，一星一月不堪拈。

乡村落花诗 之五

雨后群山向我横,似束流云腰带轻。

若个考官提问号,考生可弃旧时名?

不须酒倒红燃夜,只见莺啼绿过城。

此际归来难复返,欲掬荷叶露盈盈。

乡村落花诗 之六

三春雨洗万山空,化作仙樽一等同。
虽是诚邀狂醉客,还须自带律诗风。
饮前子美成佳句,和后长庚数落红。
不待云开晴日照,抱峰酣睡梦当中。

乡村落花诗 之七

风花雪月且休夸,老子田园自有家。
几朵桃花香角落,一支烟斗静年华。
瓜垂架下丝犹卷,影照缸中日已斜。
夜来小试开坛手,溪鱼豆腐味馋蛙。

乡村落花诗　之八

读书静处墨相陪，恍入诗山几日回。
向往渊明篱下送，难推范蠡酒中催。
风吹衣带横云睡，月照诗怀等汝来。
忽落飞花红几朵，且带清凉露与杯。

乡村落花诗　之九

东篱草木自成春，清风一度也休嗔。
不关飞鸟逍遥羽，偶遇孤林寂寞人。
山月已教峰戴冠，渊明时饮酒须巾。
开怀最是无言处，木屐忘穿趾恋茵。

乡村落花诗　之十

春风离去不同游，花鸟无言各自愁。

渐老情怀初暗转，当初故事已经休。

持杯岁月无长计，枕梦家乡有近忧。

深井石苔生寂寂，唯见萤虫飞上楼。

自题　之一

天涯寂寞一诗人，笔下三千疲惫身。

壶酒尝无初口味，衣衫吻过晚风唇。

心装石子兼沙子，脸上灰尘与土尘。

渐远渐行明月处，可曾一笑对天真？

自题　之二

愚斋别后自秋凉，私语谁知觅醉觞。

诗酒五湖胜玉碧，尘埃双阙铸金黄。

秋天余思鬓边老，陌路流莺叶底藏。

偶有斜阳温眼际，闲花万户院相当。

秋日寄远

灯上痴花倚夜柔，心情不似去年秋。

平生所爱惟卿已，一笔全勾那月愁。

远作故乡千梦枕，泛成流水几萍舟。

可怜身是平安雁，影与深蓝夜幕留。

中　秋

明山近水一壶秋，谁共白云划木舟。

游子归乡情又怯，双亲盼我泪还流。

桂花香落中庭月，好酒淳分几处愁。

愿此融融其乐夜，握来双手话温柔。

生命教育释语—田园

咏麻雀 之一

旧枝和树叶，铺着暖泥巢。

吾是初孵子，后来弟妹骄。

模样小可爱，身形尚苗条。

野目不能张，通体无一毛。

唯觉体温外，破壳弟妹淘。

日梦春风侧，夜酣羽被娇。

时闻老父语，捉虫赴村郊。

而母亲嘱咐，风雨正飘摇。

咏麻雀 之二

努力加餐久，嘴色泛微黄。

唧唧始喳喳，黄羽不能张。

惺忪揉醒目，初望却彷徨。

再望前窗棂，挂个小铃铛。

春风摇脆响，惊得往后藏。

可怜阿妹胆，听乐笑飞扬。

此心微微恼，侧目向南方。

几株桑树绿，圆匾养虫长？

咏麻雀 之三

朝唧雨丝直，暮喳雨丝斜。

振羽试相飞，搏父目光夸。

四野青禾绿，雨里伫人家。

背上蓑衣旧，欲把春寒遮。

百步东篱畔，藤蔓挂香瓜。

青虫蠕蠕缓，欲附竹篱笆。

湿羽时寻觅，何处好歇些。

一排电线杆，身后即天涯。

咏麻雀 之四

男儿志向远，离去遂难归。

原以为性热，见世冷血悲。

楼高何处阔？槐树默低垂。

时避行人肩，不及雨湿眉。

深蓝灯火夜，寂寞天桥谁？

与吾同乡出，在此久相违。

君自埋头坐，吾自收羽偎。

青春心皆折，梦向故乡飞。

生命教育释语　田园

100

咏麻雀 之五

所梦故乡远,所梦故乡亲。

唧唧复喳喳,桂花香木门。

炊烟绕石墙,日落几黄昏。

八月秋凉雨,伞下几归人。

犹怯脚沾尘,犹怯朵白云。

喳喳复唧唧,野陌牛脖伸。

田垄金黄稻,中立稻草身。

唧唧又喳喳,乡音久未闻。

咏麻雀 之六

天地真落拓，峰水入云瓶。

槐树何静默，秋风蚂蚁行。

身在枝头立，叶卷风中轻。

云有所思事，何故不见卿。

当年小裙子，垫脚挂风铃。

当时一少年，小刀刻青青。

今不闻音乐，今只见字形。

唧唧复喳喳，飞过雨蜻蜓。

咏麻雀　之七

野陌接荒草，白云亦远游。

风吹觉冷涩，已近晚凉秋。

村童搜网罗，米粒诱无由。

揪心忽阵痛，静默拒回眸。

生吾故乡久，思吾故乡愁。

既不相亲爱，便纠结难休。

叹息非同心，落叶也低头。

唧唧振羽飞，不作世间囚。

咏麻雀 之八

伐树东村口，流离无所居。

拆墙西村子，巢穴被谁除。

曾见沧桑碗，默默阅人初。

曾闻爬木梯，稚子采梨呼。

稻花香不馥，田野渐虚无。

忽觉全世界，画作喧嚣图。

秋风和树叶，飘落此生吁。

某日阳光里，坠死一身孤。

咏麻雀 之九

喳喳复唧唧,白云被流放。

偶立枝头际,猎枪轰然响。

唧唧复喳喳,秋心被遗忘。

有几朵山花,远似天边浪。

人世几囚笼,天地一张网。

飞向秋窗边,子与吾相望。

秋风和树叶,皆落尘埃上。

一夕为秋客,唧喳成绝唱。

咏麻雀 之十

唧唧复喳喳,喳喳复唧唧。

春天渐困苏,春眸渐醒迟。

溪水鱼儿跃,蔓瓜抽绿丝。

谁家阿娘唤,稚子莫顽皮。

重拼昔时骨,新生昔时肌。

张开旧时羽,飞上旧时枝。

天空何其碧,云心何所期。

走进春风雨,走过几人痴。

跋：竹香入酒赋新诗

生命教育释语——田园

　　生命如此令人惊诧！清晨第一缕阳光照耀这个我们生于斯、长于斯亦终将逝于斯的星球，松涛低吟，柳丝婆娑，虫鸣蛙鼓，兔走隼落；带露牡丹娇艳欲滴，含愁丁香惹人垂怜。所有的生命各依其序而又驰突奔竞，万千生灵应节而舞，界、门、纲、目、科、属、种在大化运行中如此和谐。整个世界明晰美丽，流畅丰富，生机勃勃。所有的生命都在呐喊，所有的生命都在歌唱！生命，让人不由去关注和研究，并从中获得和谐的心境和充盈的生命力。

　　在所有的生命中，人的生命是那抹最动人的色彩，是那缕最耀眼的光芒。人是万物之灵长。正是因为有了人生命的观照，才使这个世界更加缤纷多彩，才使同一轮明月照耀下的古人今人对时光流逝、人生短暂发出同样动人心魄的声声喟叹。

　　人的生命价值是这个世界上至高无上的价值。人的生命价值是价值问题的核心，是对人生命的深度追问和终极关怀。在一些文化语境里，只有人具有"神"性、"佛"性；而"上帝死了"之后，人更理所当然地成了这个世界的真正主人。

　　我有时试着想象自己摆脱自身，负手立于太空的某一角落，俯瞰这个蓝色星球的芸芸众生，欣赏那冷色的、意味深长的运动着的美，观察那生和死川流不息的合而分、分而合，遥看生命的嬗变升腾、变迁不居，指点那关乎生命的激动人心的价值求索激荡起的绚丽浪花。

　　人的生命价值应然如何？也许没有人能给出确切的答案，

我们都正走在"朝圣"的路上。这正是人生中最动人的地方。我深信：一切科学、哲学、信仰的东西，都由同一个共同的源泉哺育——对于未知事物的憧憬和心泉聆听的返回。我并不相信迷信意义上的灵魂不朽和具象化的万能上帝，也无法准确说出人的生命价值到底是什么，但我相信人生命价值的不朽和精神生命的永恒。于是，对于横倒斜歪在通向生命价值求索之途上的障碍物，我试图通过科学真理和生活经验的总括来清理；而对于远在前方的生命价值之鹄的，我试图通过哲学的沉思、审美的愉悦、灵性的震颤、信仰的笃定来触摸，试图以此走向一个明晰而和谐的思想世界。

在我们之前，一代代哲人接踵而来，送给我们思想的种子；我也努力摸索着去打开一扇又一扇通向生命价值的追寻之门，踏上幽暗魅惑、曲折连环的林间小径。我高擎生命中全部真善美圣凝聚而成的"阿拉丁神灯"，勇敢地做世人寻找生命幸福的向导。

作为一位起步较晚的生命教育学者（学者在此指的是"学习者"），我近年来从生存哲学、教育哲学、课堂教学、诗学等不同维度先后切入生命教育研究，叩问生命的价值和意义，溯源教育真蕴，寻求实践路径。在研究过程中，我感觉有些内容适合写成岩崖耸峙的高台讲章，于是我撰写《生命价值论》《审美生存论》《生命教育学》《生命课堂论》《生命教育诗学》等数十部著作；有些内容适合写成规范严整的学理短章，于是我在

《教育研究》《课程·教材·教法》《中国教育学刊》等期刊上发表了数十篇论文。但还有些内容似乎更像是生命教育研究过程中的吉光片羽，是"林间路"上散落的珍珠，是掩卷远望时的灵感造访。我习惯于把这些想法也写下来，有时写在一片纸上，有时写在胳膊、腿上，有时狠狠地在脑子里"过几遍电影"，一如李贺之故事，之后尽可能及时敲进电脑。这样的文字，我称之为"生命诗语"，并分别形成"生命诗语2005年卷""生命诗语2006年卷"，直至"生命诗语2019年卷"。2005年我开始使用个人电脑，近年更是笔记本电脑不离身，这些"诗语"因此得以记录下来，积年竟逾百万字；而2005年以前的"诗语"，数量还真是不少，但已全部散失。

生命诗语的发表和出版，原来一直没有提上日程。2018年7月我打篮球受伤，养伤时根据生命诗语整理三部诗集，随后在教育科学出版社出版，分别是《有所思》《白衣醉》《马蹄错》，合起来组成《生命教育诗语》系列。中国教育学会名誉会长、北京师范大学资深教授顾明远先生和中国陶行知研究会会长、北京师范大学教授朱小蔓院士奖掖后学，视诗语为生命教育研究的重要成果，饱含深情地为我的系列诗语写下了两篇序文及推介语。顾先生是我的亲导师，朱先生是我的虽无导师之名但有导师之实的老师。河南大学年终绩效考核时，也视《生命教育诗语》为重要学术成果。我深为感动，深受鼓舞。检点积年所作，发现已出版的这三卷只是积年诗语之十一。2019年早春

我再次打篮球受伤，这次是跟腱断裂，伤情较重，那学期的课被迫请同学们退选了，病床临窗，正可从长计议撰文著书。于是，我闭门谢客（我未"双肩挑"，本来就门前冷落，所以谢客并无难度），集中整理生命诗语四组共十二卷，为了与已出版的《生命教育诗语》稍相区别，我将新书命名为《生命教育私语》《生命教育丝语》《生命教育释语》《生命教育思语》。这十二卷全都是以诗文的形式表达生命教育的学术致思。卷目为：

1. 生命教育诗语　卷一　有所思（小诗集）
2. 生命教育诗语　卷二　白衣醉（小诗集）
3. 生命教育诗语　卷三　马蹄错（歌词集）
4. 生命教育丝语　卷一　聆听（散文诗集）
5. 生命教育丝语　卷二　对话（散文诗集）
6. 生命教育丝语　卷三　同行（散文诗集）
7. 生命教育思语　卷一　门卫三问宜深思（哲学卷）
8. 生命教育思语　卷二　大象无形课堂里（教育卷）
9. 生命教育思语　卷三　书生报国一支笔（生活卷）
10. 生命教育释语　卷一　山居
11. 生命教育释语　卷二　田园
12. 生命教育释语　卷三　江南
13. 生命教育私语　卷一　吉光片羽圆旧梦（小诗集）
14. 生命教育私语　卷二　林间自是少人行（学术随笔集）
15. 生命教育私语　卷三　多少楼台烟雨中（生活随笔集）

我平日的工作和爱好没有严格的界线，工作即爱好，爱好即工作。我北京师范大学博士后导师顾明远先生说，教育的本质是生命教育；我华中师范大学博士后导师及高访合作导师周洪宇先生说，生活·实践教育是教育的真蕴。据学生浅见，无论是顾先生团队起草并纳入《国家中长期教育改革和发展规划纲要（2010—2020年）》的"生命教育"，还是周先生沿夸美纽斯、斯宾塞、卢梭、杜威、陶行知一路走来提出的"生活·实践教育学"，还是华东师范大学叶澜先生及其高足李政涛等提出的"生命·实践教育"，以及当时还在南京师范大学的朱小蔓先生提出的"生命-情感教育"，均直指人的"life"。"北顾、中周、东叶、南朱"，还有朱永新、刘济良、冯建军、刘铁芳、王鉴、刘慧、张文质、肖川诸君子的相关研究，异曲同工，殊途同归，各臻其美、美美相应。这构成中国教育跃升的强大动力。而我理解广义的"life education"其实也包括诗意栖居——我平时受邀讲学最常被点将的题目正是"诗意栖居于教育生活"。个人浅见，诗意栖居应成为生命教育的寻常生活贯彻，生命诗语应成为生命教育的重要表达方式，登临送目、诗书吟啸、酱醋琴棋、饮啄笑傲，无一事不关联生命教育，无一处不寄寓生命情怀。

无论"诗语""思语""丝语"还是"释语""私语"，都是从我每天写作的"生命诗语"中辑录出来的，都是我对生命教育的真情实感之表达。其中《生命教育诗语》三卷之《有所思》

《白衣醉》《马蹄错》书名由导师顾先生亲自题写。先生书风入于颜平原之浑厚博大、字势开阔，出乎唐六如之妍美流畅、气韵天成。铁画银钩，人书俱老，瞻之令人肃然起敬。另外十二卷一并付梓，新体诗文各卷由书法家冯明威老师题写，格律诗词各卷由书法家韩云老师题写。冯老师行书平和雍容、冲虚散淡，韩老师隶书古朴凝重、清雅俊逸，二君子书法均落笔有致，灵动"严"绎、妙笔生"华"，令人好生喜欢。

我学习格律诗词有年，习作近万首（阕），虑及格与律诸般要求，故少有格律诗词发表、出版。自2009年至今，指导我格律诗词学习和创作的老师有三位：第一位是台北的吕慧薇，网名婵娟；第二位是福建的罗增富，网名三少爷的微笑；第三位是上海的王轶君，网名雅典娜。在《生命教育诗语》跋中，我误将吕老师的名字写成了李慧薇，在此纠正并向吕老师致歉。吕老师的台式"国语"燕语莺声，动听而难辨，我竟未听出吕、李之别。三位老师都比我年龄小很多，但在格律诗词及楹联方面皆是奇才，堪为吾师。"吾师道也，夫庸知其年之先后生于吾乎？"三位老师本来只教我格律诗词和楹联创作，但这次除对我创作的格律诗词联推敲斟酌之外，还对我以白话表达的诗语倾情倾力予以雅正，常常焚膏继晷，以至于衣带渐宽。

十五卷诗语插图数百幅。这些插图有的来自我求学和奉职的单位——信阳师范学院（学士）、河南大学（硕士、博士后及奉职）、北京交通大学（博士）、北京师范大学（博士及博士后

研究)、华中师范大学（博士后及高访）、洛阳师范学院（河洛学者特聘教授）；有的来自文朋诗侣旅友所赐摄影作品，其中，北京汉服公司"如梦霓裳"（创始人为我的词友月怀玉）和郑州"最美瑜伽庄园"（创始人为我的瑜伽师父韩雨欣）提供了很多精美的图片；还有一些图片是我家的积年照片。

更应感谢此刻阅读本书的您。我研究生命教育，深知对于一名学者而言，读者就是他的上帝，对读者我从心眼里尊崇和感恩。一桌饭菜好不好吃，美食家的评判固然也重要，但更重要的还是食客的意见。对于"上帝"怎可轻忽？生命诗语撰稿之时，指尖流水，文思泉涌，在思想的王国里淋漓醉墨、纵横恣肆；整理成书之际，却是战战兢兢地反复推敲，大改者九，小改者百，只恐谬种流传，贻笑大方。初始临窗整理诗卷之时，飞雪弥空、琼瑶满地，此日徘徊小径，竟已榴红照眼、枇杷果熟。时光匆匆，太匆匆！

书稿既成，振袂长啸。是时斋外有庭，庭中有竹，竹边石几一条，几上清酒一觥，竹香入酒，诗意氤氲。灵犀相通的朋友啊，不知您此刻身在何方？您若与我同代，请莅临寒斋把酒言欢，可好？您若千百年后于故纸堆中偶遇此卷，则我已成古人。穿过岁月风烟，字里行间还觉心跳滚烫吗？石上酒杯仍留竹香如许吗？

2019年6月1日

王定功"生命诗语"系列

生命教育诗语
◎ 有所思
◎ 白衣醉
◎ 马蹄错

生命教育丝语
◎ 聆听
◎ 对话
◎ 同行

生命教育思语
◎ 门卫三问宜深思
◎ 大象无形课堂里
◎ 书生报国一支笔

生命教育释语
◎ 山居
◎ 田园
◎ 江南

生命教育私语
◎ 吉光片羽圆旧梦
◎ 林间自是少人行
◎ 多少楼台烟雨中

教育的本质是生命教育

丙申初冬　彭明远书

国家社科基金（教育学）一般项目
"生命教育学学科建构研究"（BAA140017）

生命教育释语

王定功 著

江南

科学出版社
北京

图书在版编目（CIP）数据

生命教育释语. 江南 / 王定功著. —北京：科学出版社，2021.3
ISBN 978-7-03-063788-8

Ⅰ.①生⋯　Ⅱ.①王⋯　Ⅲ.①诗集-中国-当代　Ⅳ.①I227

中国版本图书馆CIP数据核字（2019）第288632号

责任编辑：付　艳 / 责任校对：王晓茜
责任印制：李　彤 / 封面设计：铭轩堂

科 学 出 版 社 出版
北京东黄城根北街16号
邮政编码：100717
http://www.sciencep.com

北京虎彩文化传播有限公司印刷
科学出版社发行　各地新华书店经销

*

2021年3月第　一　版　开本：720×1000　B5
2021年3月第一次印刷　印张：9 1/2
字数：120 000

定价：198.00元（全三册）
（如有印装质量问题，我社负责调换）

序一：人生如诗

我不是诗人，也很少写诗文，但觉得人生如诗，人总是生活在诗境中。诗是人的心声，是时代的心声，更是民族的心声。可以说，一个民族没有自己的诗歌，这个民族就不复存在。我们每一个人都离不开民族的情怀、时代的气氛，都会有个人的悲欢离合。一般人只能用表情、语言、行为来表达。诗人能够把这些情怀、气氛、悲欢离合用诗歌的形式表达出来。

教育其实也是一首诗。教育的本质就是提高人的生命质量和生命价值。提高生命质量是使人的生命更精彩；提高生命价值是使人能为所有生命做贡献。"为天地立心，为生民立命，为往圣继绝学，为万世开太平"，就是生命的价值。教育就是生命发展成长的诗。

于定功提倡生命教育，不仅著有理论著作、实验教材，还用诗语来抒发他对生命教育的情怀。实在难能可贵。我不懂诗，应他要求，我为这三册书写几句话，是为序。

顾明远

北京师范大学英东楼

（顾明远，中国教育学会名誉会长、国家教育咨询委员会委员、北京师范大学资深教授）

序二：生命教育的诗意言说

广义的生命教育的源头，可以追溯到孔子和苏格拉底的时代，千载绵延，代代损益，薪尽火传，生生不息。孔门弦歌施教，"浴于沂，风乎舞雩，咏而归"描绘的不正是生命教育的唯美情景吗？苏格拉底一袭敞袍赤脚站在雅典街头用"助产术"指导雅典青年，柏拉图降尊纡贵追随寒门老师，亚里士多德与逍遥学派师生漫步苹果园纵论天下大事，不也正是生命在场的教育故事吗？一定意义上说，一部中西方教育史不过是生命教育与非生命教育在不同时空的对垒、演变与抗衡。在我们看来，不断健全完善的生命教育才是真正的教育。

现代意义上的生命教育大致始于20世纪初，美国哲学家、教育家杜威教授提出了系统的实用主义理论，其中"从做中学"的系列观点就包含着杜威的"生命整体存在论"、"经验方法"及"探求逻辑"等诸多关乎教育当事人生命发展的观点。陶行知先生是中国现代意义上的生命教育研究和实践的首倡者。20世纪初，陶先生师从杜威教授，1917年学成归国，在国内首倡"life education"，直到1946年辞世，他将全部精力投入其中。但出于种种考虑，先生当时并未将其翻译成"生命教育"，而是翻译成"生活教育"，他的思想也被后来的研究者们概括为"生活教育理论"。其实，无论"生命"还是"生活"，在英文语境里大致都表述为"life"，在汉语中"生活"也无异于"生命"的展开过程，从来也没有外在于"生活"的"生命"。深味陶先生生活教育理论，其间所包含的生存教育、健康教育、养生教

育、社会责任教育、完满人格教育、终生教育等思想，无不折射着生命教育的理论光辉。杜威教授提出"学校即社会"，试图吸收社会的所有方面并将其融入一所小小的学校；陶先生提出"社会即学校"，寻求的是将学校的所有方面延伸到大千世界。杜威教授提出"教育即生活"，主张"做中学"；陶先生提出"生活即教育"，主张"教学做合一"。陶先生提倡教师"千教万教教人学真"，提倡学生"千学万学学做真人"，直接触摸到师生生命发展的脉搏。在《从烧煤炉谈到教育》一文中，陶先生满怀深情地写道："教育的使命是什么？不是放茅草火！不是灭茅草火！是要依着烧煤的过程点着生命之火焰，放出生命之光明。中国教育的使命，是要依着烧煤的过程点着中华民族之火焰，放出中华民族生命之光明。"

20世纪末21世纪初，生命教育在我国渐渐热了起来。生命教育本应有许多切入维度，也可有不同称谓，但其思想主旨相同或相近。国外如此，国内亦如此。我看重并倡导的生命教育突出了情感教育这一方面，1990年起不断强调情绪情感是生命的基本表征，是生命的重要机制以及一个人生命素质的"内质性"保障。我以此为学术基础和教育理念，分别在供职南京师范大学、原中央教育科学研究所以及担任中国陶行知研究会会长期间，以很大的热情推动生命教育的研究、实验与普及（包括宽泛和专指意义的）。我的第一位博士生刘次林1997年撰写"幸福教育论"，我的另一名博士生刘慧2000年撰写"生命德育

论",后来不断有博士生的论文选题都与"情感—生命"的基本概念、命题相关。与此同时,叶澜先生提出"让课堂充满生命的活力",创立了"生命·实践"教育学派,与她团队的李政涛、李家成、卜玉华等学者把生命教育研究与中小学教学实践做了很好的对接。朱永新先生提出"新教育",主张"聆听窗外的声音",推动构建书香校园。周洪宇先生发起"阳光教育"实验,生活·实践教育学派与生活·实践教育学学科呼之欲出。刘济良试图构建"生命教育论"的理论体系,刘志军、王北生、李桂荣的研究指向生命教育的视域扩展和校园关涉。张文质、冯建军、石中英、黄克剑等提出"生命化教育"。王鉴、夏晋祥等提出构建生命课堂的思想。刘铁芳、肖川、郑晓江、欧阳康、何仁富、汪丽华、赵丹妮、袁卫星以及港台地区的孙效智、纪洁芳、钮则诚、林绮云、吴庶深、张淑美、郑汉文、汤锦波、何荣汉等学者也从不同维度对生命教育进行了深刻的研究,提出了一系列有价值的思想。

中华大地,藏龙卧虎;十步之内,必有芳草。各地学者和一线教师对生命教育的研究和实验风起云涌,怒涛排壑;千帆竞发,百舸争流。这一切必将载入中国生命教育的发展史册。顾明远先生提出"教育的本质是生命教育"。教育的变革和发展永无止境,对生命教育的探索和践履也永不停歇。

生命教育的研究和表述可以有也应该有多种维度。王定功博士试图从诗学的角度切入生命教育,以诗歌的语言对生命教育进行表达，这是一件十分值得鼓励的事情。

王定功博士是我国生命教育研究团队中的一名重要学者。他是著名教育家顾明远先生指导的博士后，我愿意视他为同侪和知音。在首都师范大学儿童道德与生命教育研究中心成立大会上，我与定功博士首次相遇，那天我做了一个关于陶行知生命教育思想的演讲。而首都师大新成立的这个中心，其主任是由我指导的博士生刘慧担任的，当时她已是初等教育学院的副院长、教授、博士生导师。午餐时定功博士与我相邻而坐。那段时间我的健康状况不是很好，定功博士不知怎么就看出来了，他关切地建议我"枫红荻白，云肥风瘦，正是中秋时节，建议先生出去走走，比闷在家里的好"。他穿着虽稍稍寒素，但谦和温文、儒雅脱俗，简直像是从唐宋穿越而来！

我慢慢了解到，王定功博士是一名厚积薄发、大器晚成的学者。他曾做过16年的中小学教师、教育行政官员。2007年，他赴北京师范大学教育学部教育学原理博士课程班学习；2008年，他考入北京交通大学人文学院，师从哲学家路日亮教授攻读博士学位；2011年，他又进入了北京师范大学教育学部博士后流动站，师从著名教育家顾明远先生从事博士后研究。近几年，定功博士十分专注地进行生命教育的研究和教学，先后从不同维度向生命教育"包抄"过去，对生命教育的源与流、理论与实践都"弄弄清楚"（顾明远先生语），为中国内地方兴未艾的生命教育提供助力。

王定功博士于2011年在上海交通大学出版社出版专著《青少年生命教育国际观察》，这部书被《中国教育报》评为"2011年影响中国教师的100本图书"之一；2012年在上海交通大学出版社出版专著《青少年道德教育国际观察》，这部书使作者进入"上海交通大学出版社建社30周年作者墙"；2013年在教育科学出版社出版专著《生命价值论》，这部书被评为河南省2014年教育科学研究优秀成果奖特等奖和2016年第五届全国教育科学研究优秀成果奖三等奖。他独著及担任第一作者的著作、教材已见书34部，包括此次积十数年功力整理推出的《生命教育诗语》《生命教育丝语》《生命教育思语》《生命教育私语》《生命教育释语》共十余部。按这样趋势看，著述等身于定功而言并非夸张。这些著作是一脉相承的，即分别从生存哲学、教育哲学、课堂教学、诗学等不同维度切入生命教育，体现出一名睿智学者的学术自觉。

　　王定功博士在学术上具有多方面的兴趣和成就。最难得的是，在生活中他洁身自好，对真、善、美、圣有着虔诚的信仰和坚定的追求，不啻"浊世佳公子，翩翩一书生"。尤其是他在科研合作中低调从容，"重言勿泄，少任敢专"，"重情重义，生死相许"（台湾同行纪洁芳教授语）。江西师范大学生命教育研究专家郑晓江教授辞世，定功独坐书窗三天不食不语，那段时间他的QQ签名也换成了"愿我的死，换他的生"。而他俩见面不过三次而已！

承蒙不弃，定功将"生命诗语"各个系列均送我审读。由于健康的原因，我时断时续地阅读，读得不多，但越读越喜欢。"生命诗语"以一种生命共同体的视角直面"天地人神四方共舞"的世界，歌咏自然万物，赞美成长着的事物，吟唱人间的美好情感，探问生死哲思理路，展示书生报国情怀，褒扬真善美圣，表达生命教育的学术致思。若用一句话评价"生命诗语"，那就是：天地人心的深情探问，生命教育的诗意言说。

　　其实，生命教育关乎每一个人，每一个人都在用自己的方式践行生命教育，发出生命诗语。我本人自1986年进入道德情感、情感教育研究之后，便对情感与道德、情感与生命的关系越来越敏感和在意。用情感——生命之"眼"去看教育、观道德教育、做教育研究竟成了我的个人学术偏好。回想自己从40岁起，就有不同的肿瘤疾患不断来袭，饱尝了大手术和化疗之苦。可以说，30年来如何对待生命，如何处理生命与工作的关系，一直是我个人真切的人生课题。生命之脆弱与生命之坚韧这相左相反、交相混合、反反复复的复杂情绪感受总是随着身体状况的起落变化，每每考验着自己最真实而无法逃避的生命态度。我似乎是懂得了生命实在值得珍惜，的确应当珍爱生命！可珍爱生命并不是惧怕死亡，也不一定真能做到不惧怕死亡。自觉的死亡教育在我们这里还是十分缺失的。癌症给人带来的不只是痛苦——尽管那痛苦常如剜心蚀骨，它还会让人零距离地直面生死大限，思考"生从何来，死向何去，我是谁"

的问题，思考如何把握生命每一天，把最值得做的事情做好，尽最大努力提高生命的质量（肉身的与精神的）。因此我特别感谢生命教育和现代医疗，前者给了我对生命的认知和勇气，后者给了我身体有效的疗救和保护。不久前，我又度过一次生命危机，现在出院了，重新走在阳光下，坐在书斋里，享受生活的馈赠。

恰逢此时，看到王定功博士奉献生命教育大作，捧读、吟哦"生命诗语"，是一件令人愉悦的事情。天地春回，鸟儿叩窗，丁香快要开放了吧？我从心底里感恩生命，感恩所有热心生命教育、给无数人们带来生命智慧和力量的人。

斯为序。

朱小蔓

南京师范大学随园

（朱小蔓，中国陶行知研究会会长、俄罗斯教育科学院外籍院士、北京师范大学教授，曾任南京师范大学副校长、原中央教育科学研究所所长兼党委书记）

序三：清风习习千顷碧

我友竹香居士著"生命诗语"系列著作，其中有《江南》一卷，再三吟哦，口齿留香。竹香兄命我作序，我欣然从命。

《江南》收录小令100阕，中调90阕，长调10阕。全卷分4辑，分别为折柳吹笛、卷帘听雨、煮酒画蕉、倚闺揽月。其内容皆关涉江南风情，故名《江南》。书中还配有多幅著名词人月怀玉提供的"如梦霓裳"汉服摄影作品。焚香端坐拜睹样稿，让我不由而生欢喜之心。

"风流犹拍古人肩。"竹香居士之《江南》似乎与香山居士之《忆江南》隔代相敬。"江南好，风景旧曾谙。日出江花红胜火，春来江水绿如蓝。能不忆江南？"香山居士顺手拈来寥寥数语，就构成了一幅风光旖旎的江南画图。竹香居士用200阕词抒写了江南之景、之事、之情、之思，也构成了绮丽无边的江南画图。

竹香兄曾语：吟词、填词可以陶冶情操、润泽生命，是生命教育的绝佳资料和途径。诚哉斯言！词是中国古典文学的一个重要科目。宋词天空群星璀璨，苏轼、秦观、柳永、周邦彦、辛弃疾、晏殊、晏几道、欧阳修、王安石，以及"千古第一才女"李清照等大笔如椽，豪放派与婉约派各臻其妙。竹香兄以格律诗词作为生命教育的方式和载体，别开生面，令人击节赞叹。

通览《江南》，斟酌竹香兄之词意，直可"口齿噙香对月吟"。一如"江南好，流水自清香。一把莲蓬凉带雨，几双木桨晚归乡。儿女醉红妆"。又如"江南好，初恋到如今。诗里多为春梦印，灯前不见少年心。许愿自深深"。竹香兄词心婉约，清真深情。万人丛中一握手，使我衣袖三年香。

杏花春雨江南是国人的梦想之地，它在长江钱塘之畔，也在历史风烟之中，更在文人骚客笔下。江南是风流蕴藉的温柔之乡，更是无数文人词意栖息的理想之所。文人们爱江南、忆江南，更向往江南，他们把对江南的倾心之恋都付诸笔墨，写下了一篇篇摄人心魄的华丽词章。"山水情人"叶千华说：江南文化是一种意境文化，一种诗情文化，一种画意文化，一种韵味文化，一种秀美文化。它蕴含在山水花木月夜晨昏之中，在雨露岚雾中缠绵，有着禅意般的美丽，是中国文化的重要组成部分和地方文化的杰出代表。

清风习习千顷碧。多情的人儿啊，谁的春心不曾荡漾在江南的小桥流水、红桃碧柳、燕子人家、乌篷明月？也许灯花开向黄昏后，人事老于春梦中；也许夜角春风不落寞，人间儿女自温柔；也许陌上桃花如次第，人间逆旅又成行……读者诸君，让我们共同吟哦《江南》，并与词人一起走进江南，与词的灵魂共契阔，与江南的烟雨互缠绵，与小桥的桃花同开谢，与湖畔的垂柳偕依依，与流水的花灯相离别吧……

斯为序。

罗增富

福建连城

（罗增富，著名诗人，文越书院研究员，河南大学生命教育研究中心特聘专家）

目录

MULU

i / 序一：人生如诗（顾明远）

iii / 序二：生命教育的诗意言说（朱小蔓）

xi / 序三：清风习习千顷碧（罗增富）

1 / 第1辑 折柳吹笛

29 / 第2辑 卷帘听雨

55 / 第3辑 煮酒画蕉

85 / 第4辑 倚阑揽月

123 / 跋：竹香入酒赋新诗

燕捎雨更幽，酒洗尘皆小。
杨柳拂青枝，人道江南好。
楼台八百间，心事三千邈。
可有木兰船，阅遍西湖妙。

——本辑导语

第 1 辑

折柳吹笛

十六字令·春 之一

春，休使东风负美人。
诗何在？细雨两相分。

十六字令·春 之二

春，且惜光阴有限身。
心不倦，风雨入诗门。

十六字令·花

花，一望天涯一望家。
春深晚，几瓣落窗纱。

十六字令·鱼

鱼,沧海曾经咬月珠。

潮声起,几个酒狂徒。

生命教育释语 — 江 南 — 4

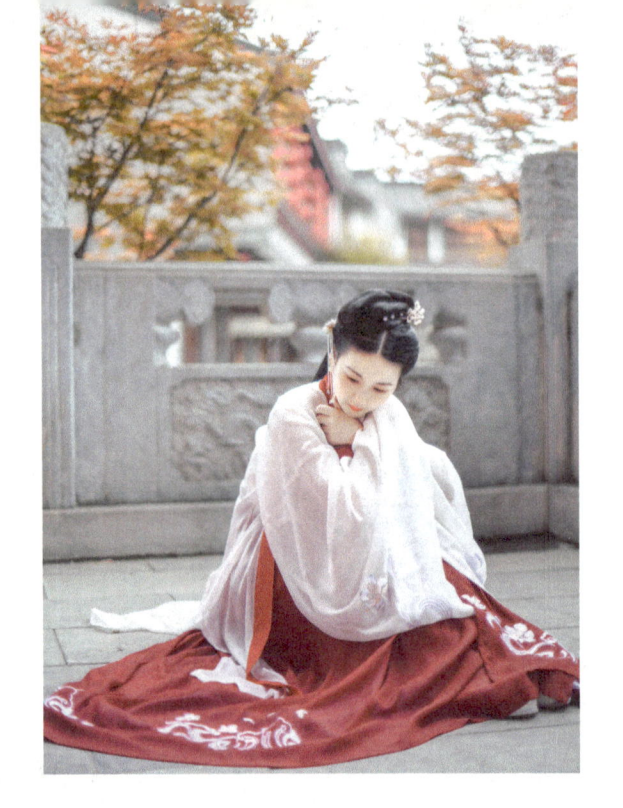

十六字令·莺

莺,小记西湖碧柳青。
卿如梦,烟雨傍长亭。

十六字令·舟

舟,不负春波点点柔。
鸥声远,日暮近沧州。

十六字令·桥

桥，燕剪东风渐渐遥。
青烟雨，儿女小蛮腰。

十六字令·虫

虫，昨日红花小谢中。
珠圆碧，春梦亦相逢。

十六字令·烟

烟，但有西湖细雨怜。
风吹乱，燕子剪衣间。

十六字令·楼

楼，八百东风一夜收。
春难寐，心事问花眸。

十六字令·蝉

蝉，昔日光阴无限闲。
鸣唐宋，风雨往来间。

十六字令·庐

庐，杖上尘埃点点初。
围筠者，风雨渐扶苏。

生查子·酒为梦里乡

酒为梦里乡,诗作山中树。

细雨惜红衣,历历春风古。

晚扶竹杖归,朝坐桃花数。

可见去年枝?依旧青珠露。

生查子·浮生与酒赊

浮生与酒赊,一梦桃花小。

诗是去年迟,词作今年早。

依依燕子飞,眷眷竹庐好。

风雨久重来,可坐山间老。

生查子·新花垂玉珠

新花垂玉珠，野水围新月。
落落古东风，采采流光契。

君言何日归，酒等今篱蝶。
天地不拘身，洗竹临溪帖。

生查子·衣间太古风

衣间太古风，眉上清明雨。
杖挑众峰峦，酒洗尘埃去。

当年在野身，今日居山筑。
不问旧红尘，可种桃花树。

生查子·竹庐影自青

竹庐影自青,露坠枝前碧。
谁是古溪鱼?谁是红尘客?

我来花未开,我别花时陌。
问我有何欢?一朵东风拾。

生查子·春风低到眉

春风低到眉,旧梦今如此。
蝴蝶问桃花,小字藏心底。

千寻烟雨青,一串银铃系。
不见去年人,且醉清樽里。

生查子·衣和碧雨歌

衣和碧雨歌,蝶与红花别。
客坐古长亭,酒湿眉间月。

前尘不向川,自向家乡乞。
小字减清欢,仍是千千结。

生查子·燕梢雨更幽

燕梢雨更幽，酒洗尘皆小。
杨柳拂青枝，人道江南好。

楼台八百间，心事三千邈。
可有木兰船，阅遍西湖妙？

生查子·燕衔江北花

燕衔江北花，谁寄江南柳？
小小木兰船，双桨横波旧。

有风向帽吹，有雨从衣皱。
独自倚楼台，独念黄昏后。

生查子·花开试蝶飞

花开试蝶飞，花谢余卿数。
历历碧东风，脉脉芳心苦。

轻将小字藏，又把红妆著。
画个旧玲珑，几滴眉间雨。

生查子·桃花一朵开

桃花一朵开，心字双重写。
蝴蝶恋依依，小坐春风夜。

言归却未归，可是逃名者。
十二碧阑干，徒把相思惹。

生查子·雨飞红伞间

雨飞红伞间,花谢青桥外。
儿女小提篮,兰桨春波碍。

楼台八百围,燕子双双在。
只道旧流年,悄把朱颜改。

卜算子·四散起鸥声

四散起鸥声,荷露如初冷。
醉倒千寻荷叶杯,一个仙人境。

鱼上枕清波,有梦三生幸。
流水行舟道木兰,缥缈君山影。

卜算子·十二月明楼

十二月明楼，一管青箫御。
桥下乌篷双桨横，流水花灯去。

永夜浪潮声，几尾鲈鱼吐。
梦里诗经小字叠，只待君来取。

卜算子·历历算十年

历历算十年，已是光阴树。
九陌芊芊儿女花，串串青珠露。

衣上小尘埃，永夜清樽聚。
明月幽然轻转身，只为衷肠诉。

卜算子·十二小楼台

十二小楼台，长作襟中墨。
使偶轻描帘外花，永夜流光碧。

风是槛前来，雨自眉弯历。
如梦三千不负蝶，紫陌红尘客。

卜算子·凤尾系银铃

凤尾系银铃，十二楼台月。
生就美人制小诗，不负江南雪。

采采酒流光，梦梦诗经物。
顾影谁知夜小卿，万里明眸澈。

卜算子·芳草小蝶儿

芳草小蝶儿,先到游人履。
风雨千寻百姓家,绿蚁青青里。

杨柳不牵舟,一桨穿波底。
莺试新声也是春,忘数桃花几。

卜算子·风雨两相知

风雨两相知,野陌庐还小。
几树桃花为偶开,先试红妆了。

竹杖且归来,酒湿纶巾帽。
只怕群芳蝶又狂,侵入行人道。

卜算子·儿女两相思

儿女两相思,已忘姑苏好。

十二楼前拂淡眉,只记东风小。

樽酒两相知,不屑千机道。

吴燕归时红雨生,说起诗经老。

卜算子·永夜系银铃

永夜系银铃,梅信藏瓶胆。

可有东风上小楼?人面何须见?

流水向江南,一朵初开晚。

愿我长为春日蝶,朝暮隔帘念。

卜算子·明月碧无声

明月碧无声,玉萼随春破。

可有诗词抵死缠?初恋如真我。

从此两相知,不是轻相锁。

一例东风上小楼,悄抚梅花朵。

卜算子·寂寞小流年

寂寞小流年，只是灯中老。

绿鬓丝丝诗里缠，风雨无妨笑。

问女旧时娇，怜女今时窕。

梦里扶春八百花，蛱蝶偏来早。

卜算子·杨柳漾春湖

杨柳漾春湖，欲洗六朝古。

兰桨轻扶双鲤红，鸥鹭争双度。

风雨上楼台，试拟衷肠诉。

舸里飞来桃瓣时，寂寞无人读。

减字木兰花·东风脉脉

东风脉脉,曾是西湖年少客。
不似当年,船与垂杨一并肩。

来烟去雨,吴燕先听流水句。
独自思量,十里桃花两袖香。

减字木兰花·红蝶已错

红蝶已错,桃萼何须轻点破。
犹似闻香,春雨蒙蒙一画廊。

归来吴燕,惆怅千千皆不管。
只道姑苏,作个人间诗酒徒。

减字木兰花·卿为底事

卿为底事,风雨缄言成小字?

莫问桃花,何日诗人归野家。

轻推柴户,历历斜阳归远树。

数点尘埃,可入清樽不用猜。

减字木兰花·减兰几字

减兰几字,说过人间余底事?
偶种风花,开在江南十二家。

何为安好,阅遍红尘诗已老?
暂闭窗灯,可引春风下一城。

减字木兰花·诗经与酒

诗经与酒,试问海棠轻睡否?
小坐楼台,避偶流光不用猜。

心中念念,万里彭城君与眷。
绾住娥眉,可是东风第一枝?

减字木兰花·多情觞者

多情觞者,采采流光如永夜。
小字千寻,我是人间第一真。

红尘古月,不管春秋如睡蝶。
梦里无嗟,卿是人间不二花。

减字木兰花·桃根桃叶

桃根桃叶,兰桨初摇湖上月。
坐对孤山,渐与垂杨一并衫。

欲穷远目,沧海鱼龙皆不负。
某日归君,执手长亭轻夜痕。

减字木兰花·芊芊袖手

芊芊袖手,蕉下轻尝青瓮酒。
白蝶翩翩,灼灼桃花开几年。

露珠凉里,偶记人间填小字。
莫负春恩,不必红尘九转身。

减字木兰花·前程已定

前程已定,旧岁桃核谁与赠。
偶问红尘,风雨何妨诗酒身。

光阴不逆,去去无非天地客。
自笑新花,开向溪边第一家。

第 1 辑　折柳吹笛

25

减字木兰花·流莺等候

流莺等候,小坐竹楼风满袖。

春雨新凉,可带青珠一味香。

故人经过,小叩竹扉花自落。

白石炊烟,恰得浮生一日闲。

减字木兰花·西湖过客

西湖过客,十二栏杆分柳色。
兰桨温柔,可减苏堤一段愁。

东坡行止,饮酒方知红雨事。
偶问黄莺,不负桃花珠露青。

减字木兰花·南窗负手

南窗负手,为唤桃花多索酒。
永夜流光,只是诗经第六行。

逃名山水,已忘红尘余几味。
竹杖插篱,可待来年红蕊枝。

一水一亭入镜娇，
千千蝴蝶涌花潮。
人间底事乐逍遥。
杨柳风情新画舫，
丁香纸伞美人腰。
燕衣剪雨过青桥。

——本辑导语

第 2 辑

卷帘听雨

如梦令·昨夜小楼听雨

昨夜小楼听雨，吴燕不知归楚。

心事有无间，一卷旧词伴侣。

留住，留住，且看落花风数。

如梦令·永夜梦多生绮

永夜梦多生绮，仿佛去年旧识。

青露共春风，历数红尘箫史。

谁似，谁似，花上蝶儿半醉。

如梦令·昨夜东风莫放

昨夜东风莫放，细雨斜来新访。

灯火醉红妆，一点娥眉弯上。

无恙，无恙，酒欲湿衣谁唱？

如梦令·可是流莺小诵

可是流莺小诵？几朵桃花深拥。

兰桨两相柔，惊觉旧游春梦。

波送，波送，几尾红鱼受用。

如梦令·还好竹楼自在

还好竹楼自在,惆怅归来独待。

晚约酒诗间,可解青山眉黛。

采采,采采,轻把东君相爱。

如梦令·笛退晚潮去觉

笛退晚潮去觉,沧海月明难老。

永夜共传杯,可爱蓬莱还小。

归早,归早,春起桃花风袅。

如梦令·折尽柳枝空写

折尽柳枝空写,洗笔绿波心下。
荷叶散清香,可以一杯遥夜。
归者,归者,谁念西篱诗话?

如梦令·昨夜钱塘依旧

昨夜钱塘依旧,灯火万家红袖。
几处拂楼头,但饮未央清酒。
犹有,犹有,便做诗人自寿。

如梦令·一寸芳心误剪

一寸芳心误剪,深阁梅花零乱。
白雪夜收灯,窗下娥眉长见。
谁愿,谁愿,小字三千念念?

如梦令·桥下春波明月

桥下春波明月,醉里流光时节。

竹户不垂帘,青露桃根桃叶。

声切,声切,可是鹧鸪离别?

如梦令·梦里东风又作

梦里东风又作,万里殷勤笑我。

柳下月青衫,疑是多情一个。

无可,无可,游戏元春已过。

如梦令·细雨南楼倚遍

细雨南楼倚遍,十里青烟吹散。

燕子探元春,曾见桃花人面。

一眼,一眼,可是前身暗转?

浣溪沙·坞里桃花小碧枝

坞里桃花小碧枝，

桥间流水载鱼思。

一衣带雨恰青时。

此去楼台风尚浅，

谁家燕子梦犹迟。

诗眉底事细分痴。

浣溪沙·杨柳芊芊何以分

杨柳芊芊何以分？

一湖烟雨复寻寻。

教人心事抵青春。

船外花间红袖手，

诗中酒里小初痕。

苏翁已坐宋词身。

浣溪沙·八百楼台烟雨间

八百楼台烟雨间，

桃花儿女坐清欢。

听闻燕子过栏杆。

莫待前尘轻兑酒，

直将小字敬来年。

芭蕉几处雨垂帘。

浣溪沙·一水一亭入镜娇

一水一亭入镜娇，

千千蝴蝶涌花潮。

人间底事乐逍遥？

杨柳风情新画舫，

丁香纸伞美人腰。

燕衣剪雨过青桥。

浣溪沙·碧雨无由湿酒衣

碧雨无由湿酒衣,

谁家杨柳立苏堤。

廿四花风拂短枝。

一小一青家燕子,

三生三世美人眉。

六桥流水自微微。

浣溪沙·不问繁华不问诗

不问繁华不问诗,

谁家燕子恰青时。

啭来唐宋晚成词。

初试罗衣襟抱浅,

小折儿女柳杨枝。

西湖烟雨恨迟迟。

浣溪沙 · 青丝红袖扣风尘

青丝红袖扣风尘,
玲珑儿女转花身。
几度青春不负真。

一点诗心犹可爱,
三千微雨往来痕。
当时小燕恰出门。

浣溪沙 · 可解风尘可解人

可解风尘可解人,
三千诗雨落花身。
一些心事淡无寻。

谁是主人谁是客?
我为沧海我为樽。
偏偏春梦了无痕。

浣溪沙·何处西湖何处家

何处西湖何处家?

前身爱数碧桃花。

一枝小字定清嘉。

画舫春波如玉玉,

楼台乌燕且斜斜。

晚来风雨避繁华。

浣溪沙·莫道红尘几处家

莫道红尘几处家,

千枝碧雨属清嘉。

春风吹不到天涯。

如我前身还是客,

而今流水浣溪沙。

三千小字女儿花。

浣溪沙·不问楼台不问烟

不问楼台不问烟,
江南风雨自诗篇。
三千玉树定何年?

有酒浇花成别绪,
是卿小坐读书帘。
一双燕子答芊芊。

浣溪沙·细雨纷纷翻玉栏

细雨纷纷翻玉栏,
谁家儿女忆江南。
青衣红伞过桥间。

一种风情犹可爱,
几双燕子小缠绵。
诗经执手在花前。

采桑子·流光小字遗沧海

流光小字遗沧海，一朵桃花。

望断天涯，燕子千寻昨日家。

初心自有鱼书寄，何谓芳华。

说到清嘉，月色朦朦笼玉纱。

采桑子·诗中小字如初见

诗中小字如初见,风雨无言。

惆怅流年,已困青青杨柳烟。

双眉坐对桃花古,几度红颜。

望眼犹穿,只恨天涯人未还。

采桑子·灯花小小君千忆

灯花小小君千忆,永夜如斯。

春梦痴痴,多少东风蝶不知。

温柔不许诗中减,行乐及时。

乐府相期,十二柳条雨色齐。

采桑子·呦呦自是溪前鹿

呦呦自是溪前鹿,到处芳菲。
红蝶初回,玉树青珠湿小眉。

听花开到唐诗里,燕子来时。
风雨当归,竹杖尘埃缓缓随。

采桑子·海棠一树分灯影

海棠一树分灯影,独有相思。
万里来迟,小字低眉不忍时。

女儿坐对六朝看,杨柳依依。
负手楼西,只有东风吹酒微。

采桑子·不辞小月清凉梦

不辞小月清凉梦，夜色从容。

夜色从容，岁岁年年此味同。

花遮古砚三千字，露坠东风。

露坠东风，今日青青问柳中。

采桑子·篱前竹笋尖尖角

篱前竹笋尖尖角，共酒清欢。

不负青山，流水安排蕉叶衫。

扶云小杖归来晚，与月相安。

静悟竹禅，一点尘埃到此难。

采桑子·愿君万里长思夜

愿君万里长思夜,不负韶光。

小字三行,皆在江南烟雨藏。

一花梦醒婆娑界,玉露清凉。

醉了红妆,听取莺声入画窗。

采桑子·十年已是光阴树

十年已是光阴树,芳草青青。

烟雨亭亭,几度江南燕子迎。

不教小字千寻我,杯酒盈盈。

坐向春屏,已忘孤山处士名。

采桑子·一衣带水兰舟小

一衣带水兰舟小,已过新荷。

已过新荷,十里莺声湖畔歌。

凉风缓缓青云送,一念婆娑。

一念婆娑,自有垂杨岸上多。

采桑子·江南历历多为客

江南历历多为客,怕看花开。
怕看花开,旧履千寻槛外来。

相识犹是谁家燕,近我楼台。
近我楼台,小字寻常风雨排。

采桑子·长安不减花间酒

长安不减花间酒,自况如如。
偶作春居,风雨依依青露珠。

诗中总是说惆怅,几度清殊。
不羡词奴,一片芳心入玉壶。

忆江南 之一

江南好，隔岸小桃花。

如我前身当酒客，

而今流水浣溪沙，邂逅女儿家。

忆江南 之二

江南好，一枕向姑苏。

自水摇来双桨月，

从荷游去六桥鱼，永夜小翻书。

忆江南 之三

江南好，儿女笼轻纱。

不到南朝三百寺，

且识北陌几枝花，风雨自无邪。

忆江南　之四

江南好，初恋到如今。

诗里多为春梦印，

灯前不见少年心，许愿自深深。

忆江南　之五

江南好，风雨美年华。

愿我长撑油纸伞，

使卿还是海棠花，燕子落谁家？

忆江南　之六

江南好，四野探青青。

数点流萤穿玉树，

一溪花影避诗僧，竹杖绿曾经。

忆江南 之七

江南好,流水自清香。

一把莲蓬凉带雨,

几双木桨晚归乡,儿女醉红妆。

忆江南 之八

江南好,可换女儿妆。

双燕不分杨柳碧,

一花只属雨烟凉,小字写寻常。

忆江南 之九

江南好,夜暗减温柔。

可爱鲈鱼沽小酒,

不闻风雨上兰舟,何处最高楼。

忆江南　之十

江南好，离别又新期。

槛外桃花垂玉露，

膝前儿女背唐诗，小字自依依。

忆江南　之十一

江南好，隔岸隐人家。

柳下白鹅学洗墨，

溪中红鲤试嚼花，风雨思无邪。

忆江南　之十二

江南好，灯火小依偎。

十二栏杆翻蝶影，

三千花气上人衣，儿女画弯眉。

忆江南 之十三

江南好，永夜暗相思。

有幸海棠初试画，

莫愁烛火已温衣，风雨定归期。

忆江南 之十四

江南好，诗履自如如。

碧雨桃花初贳酒，

东风儿女小摊书，燕子不清孤。

忆江南 之十五

江南好，儿女种桃花。

数点春泥沾屐齿，

谁家雨色褪檐牙，瓯盖转香茶。

忆江南　之十六

江南好，流水自千千。

十里画船初挂席，

一湖烟雨好抛竿，可是太平年。

为春轻赋鹧鸪天,
流光采采画红颜。
君为沧海三千客,
月照重楼十二阑。
灯缱绻,梦阑珊,
寻常小字减清欢。
空花不堕风尘里,
只待摩挲玉匣间。

——本辑导语

第 3 辑

煮酒画蕉

鹧鸪天·小坐楼台夜未央

小坐楼台夜未央，银芯灯火正敲窗。
好诗不厌东风雨，玉酒时浇红海棠。

眉已醉，夜无殇，阑干十二冷生香。
流光只是流年译，岂负青春梦一场。

鹧鸪天·烟雨朦朦绿蚁乖

烟雨朦朦绿蚁乖，东风吹向墨诗斋。
眉间小字三千误，石畔桃花一朵开。

春燕去，美人来，红妆灼灼坐青苔。
指尖犹带清凉露，一点相思何必猜。

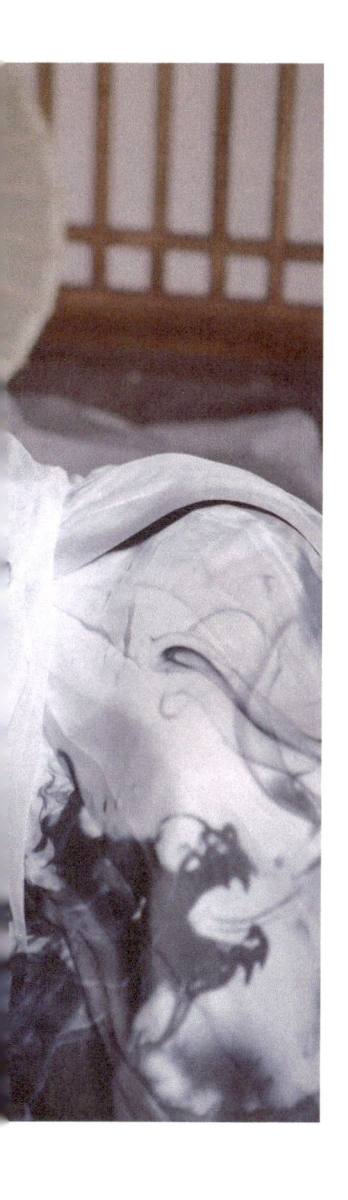

鹧鸪天·为春轻赋鹧鸪天

为春轻赋鹧鸪天，流光采采画红颜。
君为沧海三千客，月照重楼十二阑。

灯缱绻，梦阑珊，寻常小字减清欢。
空花不堕风尘里，只待摩挲玉匣间。

鹧鸪天·西湖杨柳拂千千

西湖杨柳拂千千，楼台小小倚诗肩。
海棠几朵斜栏外，蝴蝶一双坐膝前。

清玉酒，太平年，寻常风雨自清欢。
摊书静坐光阴里，流水时闻天地间。

鹧鸪天·浮生得意几清欢

浮生得意几清欢，野庐流水不多言。
春风小惹尘埃好，新月如勾儿女闲。

诗减字，酒经年，桃花朵朵袭香肩。
露珠初味凉凉里，只待红尘解个缘。

鹧鸪天·三生石畔雨青痕

三生石畔雨青痕，灵狐故事记天真。
流光小字遗沧海，入袖桃花虞美人。

眉已画，酒重温，转身不避夜红尘。
轻将明月披肩上，只待东风推木门。

鹧鸪天·九风十雨淡然消

九风十雨淡然消，明山秀水乐逍遥。
流光不惯春来减，小字千寻酒去浇。

行野陌，踏青桥，花衣浅浅美人腰。
莺声引屐香溪畔，只见牧童双手招。

鹧鸪天·期期芳草已扶苏

期期芳草已扶苏,东风儿女小摊书。
小溪半被桃花占,野舍可兼燕子居。

来故履,去红鱼,光阴不减旧时殊。
流莺一曲歌云上,柳下雨烟成画图。

鹧鸪天·低飞燕子雨中央

低飞燕子雨中央,斜斜浅浅过桥将。
看花只在寻常陌,流水依然十里乡。

诗有意,酒无妨,洗竹小字一行行。
此身轻坐瓜篱畔,一串露珠湿眼凉。

鹧鸪天·青桥流水画船呆

青桥流水画船呆，翩翩衣袷远尘埃。
六朝儿女合诗坐，八百楼台飞雨来。

风信子，酒情怀，幽然绿萼向南开。
去年君自红墙过，今日莺从柳下猜。

鹧鸪天·南楼脉脉笼红纱

南楼脉脉笼红纱，懒从帘外问香车。
长安酒事诗中减，蝴蝶春心枝外斜。

身有恙，思无邪，依依风雨两相嗟。
亭前可是去年客，燕子千寻昨日花。

鹧鸪天·虫声隐隐渐无题

虫声隐隐渐无题，城南石巷夜相随。

东风还认小楼主，玉树新低明月眉。

真冷淡，旧芳菲，芸窗纱上影红衣。

灯花一朵难从寐，心字两行可寄谁？

踏莎行·两小无猜

两小无猜,三生有幸,葡萄架下前缘定。
妞妞眉上滴青珠,邻家仔仔凉衫领。

过隙光阴,吹风心境,石墙旧壁苔痕醒。
蓦然旧事入樽来,秋千荡过白云影。

踏莎行·拟古为新

拟古为新,初心见底,露珠时醒桃花蕊。
远来风雨止行藏,蜂媒蝶使千千记。

昨日西湖,去年知已,青衫年少游春意。
柳杨飞絮不能沾,连波小怯天如洗。

踏莎行·碧落桃开

碧落桃开，清香花放，芬芳仿佛黄裳上。

隔帘燕子几飞飞，诗经一个闲闲样。

别致铜壶，诸多气象，值春乐乐长浮想。

东风又误女儿腰，苏堤杨柳低眉向。

踏莎行·几卷诗书

几卷诗书，如今风雨，莺声说便匆匆去。

自从舟泛采芙蓉，红裳已著千千舞。

一点流光，几番思处，楼台八百姑苏路。

谁家玉树丽人歌，青桥才望秋波浦。

踏莎行·流水相分

流水相分,青山剩买,林泉飞瀑曾招待。
　　诗经几卷小眉传,光阴已是清幽宰。

安稳看它,逍遥飞带,莺声未老今何在。
　　庐前半作雨来风,油然一垄黄花菜。

踏莎行·听取渔翁

听取渔翁,安排暮晚,疏星灯火看湖面。
　　柳杨尽在晚风中,桃花朵朵清香远。

夜泛流光,梦来初见,诗经还属无人管。
　　苏堤不避此春波,鱼书历历从今愿。

踏莎行·拟古精神

拟古精神,当新春晓,读书可趁晴方好。
双双燕子远风尘,芭蕉叶下澄泉笑。

流水清欢,流光窈窕,楼台但系银铃小。
东风轻倚碧阑干,桃花红袖何曾老。

踏莎行·小坐西湖

小坐西湖,安排春酒,烟波不断兰舟后。
三千细细雨沾眉,柳杨带点鹅黄透。

醉了流莺,归时长袖,诗经飞入红酥手。
清欢渐转玉楼台,十年心事花藏否?

踏莎行·无酒诗书

无酒诗书,谈尘玉骨,青苔满地村中物。
　　鹧鸪偶问旧时人,自成虚度长相别。

溪畔流风,云边淡月,三千小字眉间叠。
　　光阴转角记桃花,芳菲从此分吴越。

踏莎行·吴燕千寻

吴燕千寻,柳词一纸,当年烟雨青青里。
　　东风每笑误娥眉,桃花暗占春光意。

只等红鱼,幽然此忆,春波消息何时寄?
　　十年心事渐沉杯,尘埃还待流年洗。

喝火令·沧海鱼如故

沧海鱼如故,红尘月已疏。桃花小碧动眉初。
一管青箫九孔,执手自相濡。

昨夜灯前念,明朝梦里馀。人间儿女又徐徐。
坐读南华,坐读旧诗书。坐读春风几度,山水剩遗珠。

喝火令·一段桃根种

一段桃根种,千年碧已深。随园诗话拾芳心。
蝴蝶双双入梦,何处可追寻?

野陌刘郎眷,柴扉细雨吟。门前流水若知音。
惆怅娥眉,惆怅酒沉沉。惆怅春风几度,儿女旧衣襟。

喝火令·万里尘埃绝

何处楼台暗，西湖烟雨真。苏堤杨柳试亲身。
　　不系兰舟轻桨，流水话黄昏。

一梦呢喃里，千寻落拓痕。六朝儿女若芳邻。
只是东风，只是旧时春。只是石桥背影，花落亦纷纷。

喝火令·万里尘埃绝

万里尘埃绝，千峰块垒团。当时明月照闲闲。
　　几个葫芦挂壁，绿蚁试其间。

从此书生隐，经年竹杖偏。一丘一壑自相安。
可坐流云，可坐旧林泉。可坐苍崖石上，古镜照今颜。

喝火令 · 轻举珠圆碧

轻举珠圆碧,妙扶月小青。当时兰桨寐曾经。
几尾红鱼戏尔,永夜话生平。

十里凉风下,三千玉盏迎。谪仙几度卧中庭。
可笑秋波,可笑旧尘轻。可笑流光一箭,今古梦难成。

喝火令 · 野舍炊烟短

野舍炊烟短,稻花珠露圆。青牛懒懒卧溪沿。
阿母黄昏呼唤,记忆里童年。

如果流光止,寻常心事顽。一窗纸鹤寄千千。
几度微风,几度小山前。几度夕阳红落,温暖子眉间。

喝火令·采采诗经里

采采诗经里,幽幽乐府中。当年心事渐从容。
一管青箫九孔,吹尽古东风。

流水兰舟过,牵衣杨柳躬。西湖烟雨自朦胧。
浅醉桃花,浅醉小青虫。浅醉六朝儿女,永夜梦相逢。

喝火令·蝴蝶花衣试

蝴蝶花衣试,鹧鸪心事休。晴光恰恰属风流。
几度烟波小渡,宜坐木兰舟。

历历当时过,一一今日收。曾经永夜亦回眸。
念者卿卿,念者玉东楼。念者平生儿女,种种尽温柔。

喝火令·种种前尘事

种种前尘事,偏偏永夜怀。两杯三盏不须猜。
已拾流光小字,重上月高台。

梦是红尘梦,乖为昨日乖。偶然山水把心埋。
一念花开,一念旧尘埃。一念当年如果,风雨可重来。

喝火令·流水花灯远

流水花灯远,倚桥杨柳微。六朝故事暗期期。
几度青桥古月,念念也相题。

从此心初记,缘何梦不疲。当时历历自相知。
画个温柔,画个小娥眉。画个人间春夜,儿女两依依。

喝火令·羁旅由川过

羁旅由川过,红尘似月斜。误人绿蚁两相嗟。
衣上春风历历,种种并无差。

从此逍遥梦,千寻落拓涯。偏偏心事细如沙。
一朵天真,一朵碧桃花。一朵流年夜里,游子望何家。

喝火令·听雨小楼坐

听雨小楼坐,扶风红袖妆。当时灯火照眉香。
几本芭蕉画里,珠露自清凉。

万里相思滞,中宵独梦藏。温柔种种又何妨。
有个铃铛,有个夜无殇。有个流光帘里,一卷已寻常。

生命教育释语 — 江 南

蝶恋花·一任楼台儿女妙

一任楼台儿女妙，读罢诗经，倩影屏风小。
欲减清欢何草稿，相思已透纱窗早。

轻笑光阴身易老，慢卷珠帘，花满长安道。
四五流莺声渐杳，雨丝亦起行人少。

蝶恋花·自许红尘生古镜

自许红尘生古镜，小字初心，历历人间醒。
不减清欢柴户兴，轻推明月前身影。

诗里闲愁先要定，底事如何，且让东风领。
陌上桃花肩一并，女儿可待刘郎咏。

蝶恋花·十里姑苏风渐暖

十里姑苏风渐暖,难以停杯,几朵桃花伴。
只道莺声听又短,别离莫恨春心晚。

嫌怕雨来衣袖满,堪叹青青,独自无消遣。
可是横塘红鲤愿,兰舟流水思量遍。

蝶恋花·衣带渐宽诗若悔

衣带渐宽诗若悔,可减清欢,可减清欢字。
坐对人间明月美,清樽依旧寻常醉。

流水归来双锦鲤,不望长安,不望长安子。
永夜灯花轻落是,光阴身里眉睫睡。

蝶恋花 · 不问东风思旧事

不问东风思旧事，夜坐南楼，笼月纱窗闭。

眉上一个诗经子，曾经画偶弯眉细。

小剔银灯明暗替，玉树相思，春梦深深寄。

哪朵桃花珠露拟，依然湿润香腮泪。

蝶恋花·十指春风招旧部

十指春风招旧部,小字三行,把酒衷肠诉。
溪畔黄莺歌李杜,不教旧履红尘误。

柳下白鹅欺细雨,倒影溪中,还有桃花树。
问我流年曾几顾?此乡恰是心安处。

蝶恋花·小字深深深缱绻

小字深深深缱绻,永夜春灯,剔落银芯短。
十里楼台烟雨散,初痕一梦尘埃远。

无赖东风浑惯见,诗酒千寻,轻坐桃花畔。
几尾红鱼流水看,待谁一吻桃花面?

第 3 辑　煮酒画蕉

蝶恋花·愿有东风怜永夜

愿有东风怜永夜,小字千千,一样天真写。

愿有海棠红袖也,长安轻向杯中借。

谁把初心叠作鹇,不减清欢,窗外流光者。

谁把灯花燃到谢,何妨梦里相思惹。

蝶恋花·去去无非天地客

去去无非天地客,独坐山川,不改流云籍。
沧海春潮曾太息,光阴已在须眉易。

初心渐倦红尘历,乐府诗经,可向东风集。
饮酒逃名多自僻,归来小种桃花碧。

蝶恋花·坐待花开闲斗柳

坐待花开闲斗柳,风雨依依,不负红酥手。
小字轻轻眉念否?有约可待黄昏后。

饮饮无非珠露酒,止止行行,已是西湖瘦。
独木兰舟横桨右,人间历历如波皱。

蝶恋花·衣带六朝烟雨色

衣带六朝烟雨色,竹杖流云,扶向金陵侧。

数点尘埃从酒革,当年心事从头索。

永夜春灯燃碧碧,轻坐屏风,不改诗词籍。

一树海棠开小适,梦中有个眉弯惜。

蝶恋花·未避尘埃春雨过

未避尘埃春雨过,红袖青裳,六六桃花裹。

蝶使蜂媒从此惰,东风无赖还如果。

莫讶红尘曾可可,小字千千,皆是流年和。

执子依依诗酒坐,楼中有个当年我。

一段江南折柳下，几时流水樽前。
如勾新月半闲闲。
青衫行永夜，止止少清欢。
清酒况为春日伴，野花即是少年。
不知蝶在枕中眠。
东风何拂拂，底梦自翩翩。

——本辑导语

第 4 辑

倚阑揽月

临江仙·昨日东风归枕上

昨日东风归枕上,芸窗几朵清嘉?

离人心事古花遮。前尘如永夜,春梦笼如纱。

叶叶青珠凝底事,千千小字何嗟?

伤心小箭射天涯。眉弯从此记,两地思无邪。

临江仙·可种东风成玉树

可种东风成玉树,一双燕子依偎。

流光小字已传眉。君来花未谢,君去履如泥。

偶遇蝶蜂聊半日,不觉细雨湿衣。

前尘底事自知非。何妨杯酒记,春梦筑西篱。

临江仙·自许红尘生古镜

自许红尘生古镜,经年梦里人归。

不教风雨又离离。流光才邈邈,灯火细娥眉。

七字诗中仍念念,六桥柳下依依。

兰舟小桨荡涟漪。烟波从此绿,红鲤吐波儿。

临江仙·一解尘中千万意

一解尘中千万意,寺开几树海棠。

不教小字忘初香。蜂媒才采过,蝶使又轻尝。

衣带六朝山水色,长生酒里青裳。

人间底事又何妨。前峰挑杖底,流水到吾乡。

临江仙·一段江南折柳下

一段江南折柳下,几时流水樽前。

如勾新月半闲闲。青衫行永夜,止止少清欢。

清酒况为春日伴,野花即是少年。

不知蝶在枕中眠。东风何拂拂,底梦自翩翩。

临江仙·十二栏杆翻蝶影

十二栏杆翻蝶影,九重花气香肩。

可期玉手卷珠帘。风行如寂寞,酒减旧清欢。

枕上多为春梦印,灯前只见少年。

流光小字已千千。君轻翻一半,偶记入眉弯。

临江仙·玉露误蝶三径醉

玉露误蝶三径醉,春风判此花红。

来蜂去蝶小相逢。诗经翻一半,流水诉初衷。

愿我长撑油纸伞,使卿还是从容。

几行杨柳影溪中。浮生当眷侣,细雨正朦胧。

临江仙·山水无凭移旧馆

山水无凭移旧馆，诗词渐少缤纷。

林泉犹爱旧时尘。隔花如古道，一伞避深春。

槛外不离红树雨，清欢不减天真。

莫愁烛火已相温。帘中何妙曼，轻坐美人身。

临江仙·一念尘埃一念酒

一念尘埃一念酒，何时烟雨温柔。

与诗小坐对明眸。东风才醉去，蝴蝶又登楼。

红袖依依清永夜，桃花几朵含羞。

银铃自响小檐头。燕书时写罢，鱼信老沧州。

临江仙·天地归来一过客

天地归来一过客，相知风雨卿卿。

当年块垒亦营营。牧云曾在野，扶杖晚山横。

廿四桃花皆易落，三千诗酒长生。

江心自古带潮听。樽中明月夜，白帝此春城。

临江仙·轻把光阴叠作鹤

轻把光阴叠作鹤,孤山永夜伶仃。

且将人世忘曾经。诗经窥古字,精舍点春灯。

嚼雪谁家诗小鹿,篱前明月婷婷。

吞梅有个酒孤僧。清欢从此夜,寂寞任平生。

临江仙·红药半栏销永日

红药半栏销永日,雨中蝴蝶双飞。

诗经游子带尘归。相征衣上酒,回首暮烟垂。

吴燕离家八百里,几行杨柳依依。

青桥等你又一回。桃花流水去,儿女小弯眉。

一剪梅·万里相思灯火调

万里相思灯火调,春梦寥寥,乐府遥遥。
海棠几树美人腰,玉酒初浇,小字轻描。

十二阑干月色招,永夜中宵,蝶羽花潮。
流光只待画船摇,独立青桥,一管长箫。

一剪梅·小字三千乌砚赊

小字三千乌砚赊,灯火初斜,管笔初斜。
心如琥珀寄樽佳,风又一些,雨又一些。

十二阑干笼玉纱,不属繁华,已忘芳华。
长安别寄几枝花,醉里生涯,梦里归家。

一剪梅·燕子还说红雨香

燕子还说红雨香,青露新凉,白露新凉。
桃花玉树自群芳,不见刘郎,不见崔郎。

小字曾经儿女藏,梦老天荒,地老天荒。
长安永夜暗流光,诗也寻常,酒也寻常。

一剪梅·夜坐楼台把酒寻

夜坐楼台把酒寻，莫问何因，只记青春。
相逢夜雨露初痕，几朵花身，几首诗身。

轻叠光阴流水分，不似殷勤，更似均匀。
红尘沧海各天真，谁是离人，谁又辜君。

一剪梅·衣带前朝旧色多

衣带前朝旧色多，过往诗哥，偶寄蹉跎。
无凭风雨久摩挲，燕子征歌，两岸烟萝。

桥上桃花桥下鹅，流水春波，入酒香么。
当年儿女自婆娑，杨柳时呵，兰桨轻拖。

一剪梅·小字寻常风雨排

小字寻常风雨排，几度相乖，几度相乖。
曾经吴燕上楼台，只为君怀，只为卿腮。

万水千山不用猜，放浪形骸，放浪形骸。
何妨沧海夜潮来，一念尘埃，一念花开。

一剪梅·小字三千叠纸船

小字三千叠纸船，桥下流连，桥上孤单。
往来春月误风衫，灯火阑珊，灯火阑珊。

永夜流光儿女颜，几度清欢，十二阑干。
六朝燕子已相安，梦里呢喃，梦里呢喃。

一剪梅·恹恹繁华不自如

恹恹繁华不自如,偶记心初,偶记眉初。

春灯对坐一床书,与子相濡,与我相濡。

永夜流光一箭余,几个诗徒,几个酒徒。

人间作个种花奴,风里姑苏,雨里姑苏。

一剪梅·十里楼台望眼明

十里楼台望眼明，细柳迎迎，吴燕婷婷。
一天闲况属先生，小字清清，绿蚁盈盈。

昨日桃花今日卿，执手长亭，坐对空青。
六朝风雨自连城，莫问生平，渐忘生平。

一剪梅·绿蚁无妨换绿茶

绿蚁无妨换绿茶，可爱繁华，可爱香车。
西湖流水不归家，几度云霞，几度琵琶。

儿女三千小字耶，风雨何赊，风雨何嗟。
春灯不负海棠花，一朵无邪，一朵清嘉。

一剪梅·为避红尘小隐篱

为避红尘小隐篱,不误芳菲,不误芳菲。
碧桃颜色已迷离,可待卿回,油纸依依。

可有竹庐供酒期,几瓣花衣,几瓣花衣。
三千风雨落词眉,燕子微微,野陌无归。

一剪梅·且看笺中儿女眉

且看笺中儿女眉,燕也轻轻,雨也青青。
桃花朵朵自婷婷,误了流莺,误了银铃。

小字三千总是卿,照影春灯,彻夜连城。
曾经沧海任平生,几度樽倾,几度心经。

虞美人·江南有信阿谁写

江南有信阿谁写？可寄深深夜。

三千月捧美人腮，一任当年客履过楼台。

双双蝴蝶双双眷，不许归来晚。

繁华或许谢天真，只是花间绕酒避红尘。

虞美人·六朝春梦朱颜改

六朝春梦朱颜改,流水青桥外。

灼灼几树小桃花,可爱楼台烟雨半壶纱。

而今历历江南夜,醉里诗经写。

三千小字谢天真,不避红尘不避女儿身。

虞美人·昔年情事今年忆

昔年情事今年忆,执子诗经笔。

往来风雨几青痕,让偶深深许愿小天真。

寻常梦里寻常在,不避红尘外。

说来永夜思无邪,最是春灯不负女儿花。

虞美人·春心历历江南夜

春心历历江南夜，八百楼台者。
算来唯我最多情，几度同灯无寐坐天明。

觞中小酒凉初透，莫负红酥手。
一番风雨许生涯，恰是与卿数遍碧桃花。

虞美人·多情不累东风树

多情不累东风树，永夜江南雨。
十年已是碧桃花，可爱诗经乐府酒生涯。

寻常梦里卿皆在，何必朱颜改。
今宵且自醉红妆，宽我眉间心事一行行。

虞美人·年华总是清真减

年华总是清真减,一曲声声慢。

饮壶醉有美人颜,可见来来去去燕儿娟。

驿城明月今犹在,身却天涯外。

小桃无主自开花,许偶诗经乐府两无邪。

虞美人·江南儿女眠花底

江南儿女眠花底,蝴蝶罗衣倚。

缘来玉树已婷婷,许酒多情又道小无情。

也曾偏爱诗经月,来往深深陌。

而今更爱小眉间,犹是青春往事美人篇。

虞美人·桃花才种疏篱处

桃花才种疏篱处,燕子双飞语。

谁家儿女立春风,多少幽怀小字一笺中。

生涯可记中宵月,又是情人节。

长街灯影两人行,缓缓潮声涌至夜滨城。

虞美人·画眉独坐人间久

画眉独坐人间久,一簇红花守。

几双燕子话寻常,也记江南烟雨自清凉。

别来履驻青桥上,春水涟漪漾。

想来人世总多违,只爱诗经乐府伞飞飞。

虞美人·人间契阔何时瘦

人间契阔何时瘦?执子诗经手。

江南几度唤轻鸥,任那桃花两岸月幽幽。

浮生不负君心了,思绪知多少?

何妨永夜立窗前,听首红尘歌阙一千年。

虞美人·初春可探桃花树

初春可探桃花树，燕子人家语。

丁香纸伞过青桥，总是东风笑柳小蛮腰。

几时洗耳西湖畔，疑是红鱼伴。

兰舟欸乃荡涟漪，难得人间儿女坐依依。

虞美人·红尘九转青箫孔

红尘九转青箫孔,吹尽东风诵。

此时又见燕双双,频剪西湖杨柳著轻裳。

江南流水多情度,底事堪堪诉。

莫辜儿女小黄昏,一样天真一样落花身。

虞美人·深深春雪深深念

深深春雪深深念,几树梅花晚。

眉间小字烙灯痕,只道江南儿女坐真真。

佳期莫负东风近,一串银铃引。

当时执手问卿心,好向黄昏酒里两沉吟。

虞美人·当年记得初相恋

当年记得初相恋,风雨滨城见。
红樱几树落花痕,更使同游街道与黄昏。

诗中小字真如契,冰酒何需烈?
唇边可印月盈盈,已忘幽幽谁转水晶灯。

虞美人·流光入酒不堪饮

流光入酒不堪饮,只道江南近。
美人天气著新春,燕子桃花都向故人寻。

楼台独坐还独卧,可记红尘我。
一词一酒太平年,一样东风细雨小眉间。

虞美人·眉间小字真无主

眉间小字真无主？字字如清素。

东风玉树暗生花，常向眉间许愿思无邪。

深宵坐对阑干怅，风雨寻常忘。

此生甘作美人鱼，几度扶琴沧海不生疏。

虞美人·当年一诺真真酒

当年一诺真真酒，携手黄昏后。

江南流水坐卿卿，应是兰舟小桨任多情。

殷勤幸有莺莺咏，杨柳青春影。

诗中珍重两人身，不误三千风雨往来痕。

虞美人·初衷不为闲心改

初衷不为闲心改，可爱东风态。

诗经容避小红尘，只道今生君是护花人。

天真已远无从辨，所幸樽难减。

往来春雨自围庐，几度相招小燕望姑苏。

虞美人·东风二月曾离别

东风二月曾离别,不尽篱前雪。
如今何处寄新词,可化青溪流水鲤鱼痴。

当年念念多情定,莫负窗中影。
拈来小字与温柔,一树梅花香气远还无。

虞美人·流光又把娥眉误

流光又把娥眉误,携手归何处?
西篱可种玉香瓜,几个莺儿唱道小虫家。

故乡已是水山隔,许我多情客。
银花火树夜相思,只信天涯儿女最痴痴?

满亭芳·呈父母

话是寻常，无须肺腑，而今秋夜思量。

父亲育我，一副好皮囊。

往日单车载我，肩与背，月下披霜。

回头罢，母亲熬夜，缝补旧衣裳。

奔忙，能几许，忧心父母，一半无妨！

碗中酒诚惶，许愿高堂。

一愿安康体健，腰板硬，不为疼伤。

心愿二，中秋桂下，好筷再添双。

满亭芳·归乡

应是寻常,无须印象,偏偏走入秋乡。

脚中泥土,依旧淡芬芳。

远看山坡一朵,云似我,往日清狂。

回眸罢,黄牛卧倒,野地稻杆长。

花香,何处有,司空见惯,所谓菊黄。

犬迎为归家,拥抱农娘。

缕缕炊烟散去,老酒冽,湿我尘裳。

花生米,溪鱼豆腐,醉忘月边霜。

凤凰台上忆吹箫·赠高三

雨点轻寒,光摇一夜,小窗画笔颜朱。

梦醒来犹索,却觅人无。

莫问凭栏意远,嗟此景,偶叹真如。

春何处,东风许诺,转入冰壶。

西湖。对花照影,穿帘梦沈沈,双燕双愉。

计卿卿香步,杨柳流苏。

已过经年屈指,涟漪里,等得游鱼。

幽幽寄,倾城情愫,三字相呼。

高阳台·归乡

燕子经年，天涯更远，桃花树树无情。

偶记乡音，仿佛梦里才听。

石桥碧水流溪浅，几尾游鱼咬浮萍。

少年郎，牛背悠悠，牧草青青。

风吹屋上炊烟渺，恍闻粥香气，绕耳叮咛。

阿母围裙，青春鬓发伶仃。

白云几朵飘山坳，辗转初心负山棱。

雨黄昏，几户深窗，几盏明灯。

高阳台·归乡

井水清寒，瓜瓢浮老，依稀晨暮相关。

燕子乌衣，啼来乐府新篇。

阿娘挑水沉肩倒，一尾心鱼滑此间。

小孩儿，照影痴痴，尝口甜甜。

曾经春夏时分远，恍闻粥香气，脉脉炊烟。

蚕豆花开，隔篱蝴蝶翩翩。

白云几朵飘然过，只记初心抱流年。

纵黄昏，底釉深青，往事成缄。

第 4 辑 倚阑揽月

高阳台·归乡

火灶膛前,唐诗句里,依稀稚子清然。

水汽腾腾,揭开锅盖尝鲜。

瓦囱几节连成柱,一片漆黑熏此颜。

老情怀,如梦如痴,缕缕成烟。

曾经看瓦青苔碧,偶听南瓜语,虫子偷闲。

难忘黄昏,老牛迈步回栏。

云霞与月匆匆过,最远何曾远心间。

总抬头,抱此家山,忆此流年。

东风第一枝·贺高三辰

内子春辰，人间小结，依依照水清瘦。

一枝露湿衣襟，小怜赏花春酒。

郊游也要，对眸笑，东风争秀。

纵暗香，占断垂杨，细雨绕村丝柳。

眉黛浅，媚时祝寿。

歌齿皓，婉然玉友。

论交自信斯文，离樽敬为孟偶。

经年恰是，关心处，挽依芊手。

映馀霞，燕子双双，飞过老黄昏后。

东风第一枝·赠高三

谢了佳人，新妆弄酒，生香暗霭浮动。

歌声子夜弦凝，画眉素窗卿共。

良辰继续，宜欢聚，宋词时送。

皓月娟，牵手传情，卿已识君情种。

闲昼永，几般放纵。

花月底，少年一梦。

竹西冷却春风，城南散步沉重。

才成梁祝，又离别，此心谁懂？

记当时，酒阵朦胧，蝶雨舞成花痛。

东风第一枝·袖上朱砂

袖上朱砂，窗前白蝶，桃花旧识春好。

乌衣燕子徘徊，兰舟小波鱼老。

当时流水，曲而已，浮萍青抱。

者北园，伏草虫鸣，唤醒嫩晴窗早。

风不定，晚灯独照。

花渐谢，又无月扫。

蓦然夜雨潇潇，佳人只从梦绕。

滨城桑客，或失意，不吹乌帽。

忆今朝，我已狂歌，唯酒落红香杳。

东风第一枝·咏桃花

寄字桃花，行春杜宇，光阴未惜轻负。

渊明小院而今，神仙又名鸳侣。

西窗曾记，不惊断，流云孤处。

亦不忘，桨在舟横，太守唤回无语。

春草梦，武陵尽付。

桃泪水，几时溅舞。

我生拙者何妨，三分晋人眉宇。

夭桃得种，催枝绽，山川晴雨。

坐溪前，抛却诗书，垂钓俨然渔父。

跋：竹香入酒赋新诗

生命教育释语

江 南

生命如此令人惊诧！清晨第一缕阳光照耀这个我们生于斯、长于斯亦终将逝于斯的星球，松涛低吟，柳丝婆娑，虫鸣蛙鼓，兔走隼落；带露牡丹娇艳欲滴，含愁丁香惹人垂怜。所有的生命各依其序而又驰突奔竞，万千生灵应节而舞，界、门、纲、目、科、属、种在大化运行中如此和谐。整个世界明晰美丽，流畅丰富，生机勃勃。所有的生命都在呐喊，所有的生命都在歌唱！生命，让人不由去关注和研究，并从中获得和谐的心境和充盈的生命力。

在所有的生命中，人的生命是那抹最动人的色彩，是那缕最耀眼的光芒。人是万物之灵长。正是因为有了人生命的观照，才使这个世界更加缤纷多彩，才使同一轮明月照耀下的古人今人对时光流逝、人生短暂发出同样动人心旌的声声喟叹。

人的生命价值是这个世界上至高无上的价值。人的生命价值是价值问题的核心，是对人生命的深度追问和终极关怀。在一些文化语境里，只有人具有"神"性、"佛"性；而"上帝死了"之后，人更理所当然地成了这个世界的真正主人。

我有时试着想象自己摆脱自身，负手立于太空的某一角落，俯瞰这个蓝色星球的芸芸众生，欣赏那冷色的、意味深长的运动着的美，观察那生和死川流不息的合而分、分而合，遥看生命的嬗变升腾、变迁不居，指点那关于生命的激动人心的价值求索激荡起的绚丽浪花。

人的生命价值应然如何？也许没有人能给出确切的答案，

我们都正走在"朝圣"的路上。这正是人生中最动人的地方。我深信：一切科学、哲学、信仰的东西，都由同一个共同的源泉哺育——对于未知事物的憧憬和心泉聆听的返回。我并不相信迷信意义上的灵魂不朽和具象化的万能上帝，也无法准确说出人的生命价值到底是什么，但我相信人生命价值的不朽和精神生命的永恒。于是，对于横倒斜歪在通向生命价值求索之途上的障碍物，我试图通过科学真理和生活经验的总结来清理；而对于远在前方的生命价值之鹄的，我试图通过哲学的沉思、审美的愉悦、灵性的震颤、信仰的笃定来触摸，试图以此走向一个明晰而和谐的思想世界。

在我们之前，一代代哲人接踵而来，送给我们思想的种子；我也努力摸索着去打开一扇又一扇通向生命价值的追寻之门，踏上幽暗魅惑、曲折连环的林间小径。我高擎生命中全部真善美圣凝聚而成的"阿拉丁神灯"，勇敢地做世人寻找生命幸福的向导。

作为一位起步较晚的生命教育学者（学者在此指的是"学习者"），我近年来从生存哲学、教育哲学、课堂教学、诗学等不同维度先后切入生命教育研究，叩问生命的价值和意义，溯源教育真蕴，寻求实践路径。在研究过程中，我感觉有些内容适合写成岩崖耸峙的高台讲章，于是我撰写《生命价值论》《审美生存论》《生命教育学》《生命课堂论》《生命教育诗学》等数十部著作；有些内容适合写成规范严整的学理短章，于是我在

《教育研究》《课程·教材·教法》《中国教育学刊》等期刊上发表了数十篇论文。但还有些内容似乎更像是生命教育研究过程中的吉光片羽，是"林间路"上散落的珍珠，是掩卷远望时的灵感造访。我习惯于把这些想法也写下来，有时写在一片纸上，有时写在胳膊、腿上，有时狠狠地在脑子里"过几遍电影"，一如李贺之故事，之后尽可能及时敲进电脑。这样的文字，我称之为"生命诗语"，并分别形成"生命诗语2005年卷""生命诗语2006年卷"，直至"生命诗语2019年卷"。2005年我开始使用个人电脑，近年更是笔记本电脑不离身，这些"诗语"因此得以记录下来，积年竟逾百万字；而2005年以前的"诗语"，数量还真是不少，但已全部散失。

生命诗语的发表和出版，原来一直没有提上日程。2018年7月我打篮球受伤，养伤时根据生命诗语整理三部诗集，随后在教育科学出版社出版，分别是《有所思》《白衣醉》《马蹄错》，合起来组成《生命教育诗语》系列。中国教育学会名誉会长、北京师范大学资深教授顾明远先生和中国陶行知研究会会长、北京师范大学教授朱小蔓院士奖掖后学，视诗语为生命教育研究的重要成果，饱含深情地为我的系列诗语写下了两篇序文及推介语。顾先生是我的亲导师，朱先生是我的虽无导师之名但有导师之实的老师。河南大学年终绩效考核时，也视《生命教育诗语》为重要学术成果。我深为感动，深受鼓舞。检点积年所作，发现已出版的这三卷只是积年诗语之十一。2019年早春

我再次打篮球受伤，这次是跟腱断裂，伤情较重，那学期的课被迫请同学们退选了。病床临窗，正可从长计议撰文著书。于是，我闭门谢客（我未"双肩挑"，本来就门前冷落，所以谢客并无难度），集中整理生命诗语四组共十二卷，为了与已出版的《生命教育诗语》稍相区别，我将新书命名为《生命教育私语》《生命教育丝语》《生命教育释语》《生命教育思语》。这十二卷全都是以诗文的形式表达生命教育的学术致思。卷目为：

1. 生命教育诗语　卷一　有所思（小诗集）
2. 生命教育诗语　卷二　白衣醉（小诗集）
3. 生命教育诗语　卷三　马蹄错（歌词集）
4. 生命教育丝语　卷一　聆听（散文诗集）
5. 生命教育丝语　卷二　对话（散文诗集）
6. 生命教育丝语　卷三　同行（散文诗集）
7. 生命教育思语　卷一　门卫三问宜深思（哲学卷）
8. 生命教育思语　卷二　大象无形课堂里（教育卷）
9. 生命教育思语　卷三　书生报国一支笔（生活卷）
10. 生命教育释语　卷一　山居
11. 生命教育释语　卷二　田园
12. 生命教育释语　卷三　江南
13. 生命教育私语　卷一　吉光片羽圆旧梦（小诗集）
14. 生命教育私语　卷二　林间自是少人行（学术随笔集）
15. 生命教育私语　卷三　多少楼台烟雨中（生活随笔集）

我平日的工作和爱好没有严格的界线，工作即爱好，爱好即工作。我北京师范大学博士后导师顾明远先生说，教育的本质是生命教育；我华中师范大学博士后导师及高访合作导师周洪宇先生说，生活·实践教育是教育的真蕴。据学生浅见，无论是顾先生团队起草并纳入《国家中长期教育改革和发展规划纲要（2010—2020年）》的"生命教育"，还是周先生沿夸美纽斯、斯宾塞、卢梭、杜威、陶行知一路走来提出的"生活·实践教育学"，还是华东师范大学叶澜先生及其高足李政涛等提出的"生命·实践教育"，以及当时还在南京师范大学的朱小蔓先生提出的"生命-情感教育"，均直指人的"life"。"北顾、中周、东叶、南朱"，还有朱永新、刘济良、冯建军、刘铁芳、王鉴、刘慧、张文质、肖川诸君子的相关研究，异曲同工，殊途同归，各臻其美、美美相应。这构成中国教育跃升的强大动力。而我理解广义的"life education"其实也包括诗意栖居——我平时受邀讲学最常被点将的题目正是"诗意栖居于教育生活"。个人浅见，诗意栖居应成为生命教育的寻常生活贯彻，生命诗语应成为生命教育的重要表达方式，登临送目、诗书吟啸、酱醋琴棋、饮啄笑傲，无一事不关联生命教育，无一处不寄寓生命情怀。

无论"诗语""思语""丝语"还是"释语""私语"，都是从我每天写作的"生命诗语"中辑录出来的，都是我对生命教育的真情实感之表达。其中《生命教育诗语》三卷之《有所思》

《白衣醉》《马蹄错》书名由导师顾先生亲自题写。先生书风入于颜平原之浑厚博大、字势开阔，出乎唐六如之妍美流畅、气韵天成。铁画银钩，人书俱老，瞻之令人肃然起敬。另外十二卷一并付梓，新体诗文各卷由书法家冯明威老师题写，格律诗词各卷由书法家韩云老师题写。冯老师行书平和雍容、冲虚散淡，韩老师隶书古朴凝重、清雅俊逸，二君子书法均落笔有致、灵动"严"绎、妙笔生"华"，令人好生喜欢。

我学习格律诗词有年，习作近万首（阕），虑及格与律诸般要求，故少有格律诗词发表、出版。自2009年至今，指导我格律诗词学习和创作的老师有三位：第一位是台北的吕慧薇，网名婵娟；第二位是福建的罗增富，网名三少爷的微笑；第三位是上海的王轶君，网名雅典娜。在《生命教育诗语》跋中，我误将吕老师的名字写成了李慧薇，在此纠正并向吕老师致歉。吕老师的台式"国语"燕语莺声，动听而难辨，我竟未听出吕、李之别。三位老师都比我年龄小很多，但在格律诗词及楹联方面皆是奇才，堪为吾师。"吾师道也，夫庸知其年之先后生于吾乎？"三位老师本来只教我格律诗词和楹联创作，但这次除对我创作的格律诗词联推敲斟酌之外，还对我以白话表达的诗语倾情倾力予以雅正，常常焚膏继晷，以至于衣带渐宽。

十五卷诗语插图数百幅。这些插图有的来自我求学和奉职的单位——信阳师范学院（学士）、河南大学（硕士、博士后及奉职）、北京交通大学（博士）、北京师范大学（博士及博士后

研究）、华中师范大学（博士后及高访）、洛阳师范学院（河洛学者特聘教授）；有的来自文朋诗侣旅友所赐摄影作品，其中，北京汉服公司"如梦霓裳"（创始人为我的词友月怀玉）和郑州"最美瑜伽庄园"（创始人为我的瑜伽师父韩雨欣）提供了很多精美的图片；还有一些图片是我家的积年照片。

更应感谢此刻阅读本书的您。我研究生命教育，深知对于一名学者而言，读者就是他的上帝，对读者我从心眼里尊崇和感恩。一桌饭菜好不好吃，美食家的评判固然也重要，但更重要的还是食客的意见。对于"上帝"怎可轻忽？生命诗语撰稿之时，指尖流水，文思泉涌，在思想的王国里淋漓醉墨、纵横恣肆；整理成书之际，却是战战兢兢地反复推敲，大改者九，小改者百，只恐谬种流传，贻笑大方。初始临窗整理诗卷之时，飞雪弥空、琼瑶满地，此日徘徊小径，竟已榴红照眼、枇杷果熟。时光匆匆，太匆匆！

书稿既成，振袂长啸。是时斋外有庭，庭中有竹，竹边石几一条，几上清酒一觥，竹香入酒，诗意氤氲。灵犀相通的朋友啊，不知您此刻身在何方？您若与我同代，请莅临寒斋把酒言欢，可好？您若千百年后才在故纸堆中偶遇此卷，则我已成古人。穿过岁月风烟，字里行间还觉心跳滚烫吗？石上酒杯仍留竹香如许吗？

2019年6月1日

王定功"生命诗语"系列

生命教育诗语
◎ 有所思
◎ 白衣醉
◎ 马蹄错

生命教育丝语
◎ 聆听
◎ 对话
◎ 同行

生命教育思语
◎ 门卫三问宜深思
◎ 大象无形课堂里
◎ 书生报国一支笔

生命教育释语
◎ 山居
◎ 田园
◎ 江南

生命教育私语
◎ 吉光片羽圆旧梦
◎ 林间自是少人行
◎ 多少楼台烟雨中